René Leclerc

Fatalité

Société des Écrivains

Sur simple demande adressée à la Société des Écrivains,
14, rue des Volontaires – 75015 Paris,
vous recevrez gratuitement notre catalogue
qui vous informera de nos dernières publications.

Texte intégral

On peut choisir son destin,
mais on ne peut en modifier le parcours.

Je suis né à Saint-Pierre, petit village en banlieue de Québec, le 13 octobre 1939. Un vendredi 13.

Un vendredi qui déjà jetait une ombre sur les premiers instants de ma vie. Après dix heures d'horribles contractions, ma mère a dû se résigner à subir une césarienne. J'étais sauvé. Je pouvais maintenant compter sur les coups de fortune pour me conduire sans trop d'accrocs dans les dédales toujours risqués de la vie. Je fermais ainsi l'usine de production de la famille Toussain.

Cadet d'une famille de cinq enfants, trois garçons et deux filles, je débarquais dans un monde en guerre où régnaient, de toute part, la peur et l'incertitude.

En effet, c'est le 10 septembre 1939 que le Canada déclarait la guerre à l'Allemagne. On connaissait les résultats désastreux de la Première Guerre mondiale. On ne pouvait guère espérer une fin plus heureuse compte tenu du perfectionnement des armes et des tactiques plus vicieuses de destruction.

Mon père, petit cordonnier du village, s'était laissé séduire par l'appel au patriotisme. Qu'avait-il à perdre ? Ne pourrait-il pas revenir décoré d'une médaille de bravoure qui lui donnerait un certain prestige et une reconnaissance éternelle de ses services. On lui faisait miroiter les avantages qu'il pourrait retirer en s'enrôlant dans les Forces armées canadiennes :

« L'armée canadienne vous appelle. Elle vous offre des avantages considérables : des positions importantes, un travail intéressant, un uniforme dont vous pourrez être fier. Vous serez logé, nourri, habillé, soigné et payé plus avantageusement que dans la vie civile. Vous pourrez également profiter de promotions intéressantes…

Réveillons la fierté de notre race et d'une seule voix disons : je me souviens… »

Adoptée par le Parlement le 21 juin 1940, la loi sur la mobilisation des ressources nationales (LMRN) renforçait la conviction de Papa qu'il pouvait être plus utile à son pays en participant aux efforts de guerre que de fabriquer et réparer des bottes. Et quelle belle aventure pour celui qui est confiné entre quatre murs accomplissant un métier des plus banals et qui ne voit pas l'heure où il pourra s'affranchir de ce travail et enfin s'évader : le rêve de sa vie !

Il est évident que lorsqu'il a pris la décision de se joindre aux 60 000 hommes de l'armée canadienne, il n'a pas consulté Maman ni pris en compte les besoins de sa famille.

Il était le genre d'homme solitaire qui partageait peu ses sentiments ou ses émotions. Il passait toutes ses journées dans sa petite boutique et travaillait dans le plus grand silence. Il détestait se faire déranger même pour les besoins les plus urgents. Il laissait à Maman l'entière responsabilité de la famille intervenant peu dans les décisions qui concernaient les enfants sauf évidemment s'il était question d'argent.

Nous n'étions pas riches. Étant le seul gagne-pain de la famille, Papa n'arrêtait jamais. Il sortait peu et ne s'accordait aucun loisir. Il fut totalement atterré lorsque Maman lui apprit qu'elle était à nouveau enceinte. Cette cinquième grossesse, sûrement pas planifiée ni voulue, venait perturber la quiétude et les finances familiales.

J'arrivais donc au monde à la manière d'un intrus. Cet événement a sans doute précipité sa décision de partir.

J'avais trois mois lorsqu'il a quitté notre famille. Quelque temps avant son départ, il s'était assuré de former minutieusement Albert, l'aîné de la famille, lui permettant de prendre en main la destinée de la petite boutique. Il fut donc retiré de l'école à quatorze ans non pas seulement pour prendre les rênes de la cordonnerie, mais aussi celles de notre famille.

Papa rejoignit donc le 13 janvier 1940 les Forces canadiennes. Maman eut beau protester, supplier, implorer ; rien ne put changer sa décision.

Malgré les chaînes qu'il brisait, il partait heureux. Heureux sans doute d'échapper à un enlisement inévitable ou pis au désespoir de ne pouvoir subvenir aux besoins essentiels de sa petite famille, surtout en cette période de crise.

Papa était un homme honnête et fier. Il aurait été pénible pour lui d'assister au spectacle de la souffrance de ses enfants sans pouvoir intervenir. Il préférait, en somme, tout tenter au risque de sa vie, et revenir muni des ressources nécessaires pour soulager un tant soit peu ses enfants.

Il est parti un matin glacial de janvier. On ne l'a jamais revu. Deux ans plus tard, Maman recevait, des Forces canadiennes, la lettre suivante :

Ottawa, le 29 août 1942

Madame Toussain
Saint-Pierre
Québec

Madame,

C'est avec un immense regret que nous vous annonçons le décès de votre époux survenu le 19 août 1942 à Dieppe, France. Avec 2 000 compagnons d'armes, M. Toussain est mort glorieusement lors du grand débarquement de Dieppe.

Il a défendu vaillamment la cause des Alliés et est mort en héros.

Le Canada tient à lui rendre hommage de même qu'à tous ces combattants qui ont donné leur vie pour l'honneur de notre nation et la justice dans ce monde. Grâce à lui et à ses compagnons, nous avons franchi un pas de plus vers la victoire.

Nous vous ferons parvenir, sous peu, les redevances qui lui sont dues.

Je vous prie d'agréer, Mme Toussain, nos plus sincères condoléances,

Mackenzie King,
Premier ministre du Canada.

L'annonce de cette nouvelle plongea Maman dans un mutisme inexplicable. On connaissait bien les enjeux et les risques inhérents à toute guerre, notamment celle-là, mais l'espoir continuait à alimenter la petite flamme qui nous permettait de continuer et d'espérer : « il reviendra un jour », se disait-on !

Maintenant, tout est noir. On ne peut espérer le jour où une nouvelle étoile viendra éclairer notre route.

La mort peut être acceptable si elle nous affranchit de toute responsabilité. Elle peut cependant être cruelle pour qui se croit en être la cause.

C'est bien le drame que Maman vivait alors. Elle se sentait coupable d'avoir placé son mari dans une situation irréversible. Elle aurait dû dire non et éviter ces grossesses qui engendraient, à chaque fois, un fardeau trop lourd pour leurs capacités financières. Le cinquième enfant, songeait-elle, avait tout bouleversé et poussé son mari à partir.

J'étais malheureusement ce cinquième enfant sur qui pesait, en somme, la mort de Papa. Par bonheur, je ne pouvais, à cette époque, en évaluer les conséquences désastreuses ni même en colmater les brèches.

Ce premier échec de ma vie, celui de ma naissance, marquait la première balise du tortueux sentier de ma vie. Je ne crois pas à l'astrologie. Mais, je me rends compte aujourd'hui qu'une vie peut parfois échapper au cheminement normal d'une destinée qui obéit au libre arbitre dont tout homme en est revêtu.

À certains moments, on décide d'emprunter la voie de droite et tout à coup, on se rend compte que l'on parcourt, en fait, le chemin de gauche. Que s'est-il passé ? Qui a pris cette décision sans nous consulter ?

C'est alors que nous nous rendons compte que notre vie ne peut échapper à cette fatalité qui nous accompagne tout au long de notre périple terrestre. Pourquoi donc faire des choix, prendre des décisions puisque tôt ou tard ils seront corrigés et redressés ?

Je ne peux nier que mon enfance fut des plus heureuses. Maman tentait, par tous les moyens, de me faire oublier les affres de ma naissance parfois au détriment de mes frères et sœurs. Elle réalisait bien qu'elle ne pouvait remplacer un père surtout auprès des garçons, c'est pourquoi elle s'évertuait d'être tout à la fois. Elle s'est même octroyé le métier de fermière en aménageant une petite basse-cour dans la cour arrière. On y élevait des poules, des coqs, des lapins et même, dans le coin le plus éloigné, un petit cochon tout rose.

Ce petit monde m'émerveillait et me captivait à la fois. Devant l'intérêt particulier que je portais à cette fermette, Maman me confia, à six ans, la « gestion » de cette entreprise familiale. Ce fut le déclenchement de ma vocation.

J'étais étonnamment fasciné par tous ces animaux, notamment les poules. J'assistais avec admiration à leur naissance, l'éclosion de l'œuf et à leurs premiers pas. Je prenais délicatement les poussins et analysais toutes les parties de leur corps et leur merveilleux fonctionnement.

Ce qui me réjouissait le plus, c'était le jour où Maman décidait de tuer une poule pour nourrir la famille. Le cérémonial était simple, mais rigoureux. On lui attachait solidement les pattes puis à l'aide d'un couteau bien acéré, on lui tranchait le cou. Le sang giclait de toute part et même sur nos vêtements. Puis, c'était l'agonie suivie de la grande chirurgie.

J'observais attentivement chacun des gestes de Maman qui ouvrait le corps de la poule et en extrayait tout ce qui s'y trouvait. Je posais à Maman une série de questions sur le rôle de tel ou tel organe, mais sans jamais obtenir de réponse satisfaisante.

Maman s'inquiétait de cette curiosité un peu morbide que je manifestais pour tout ce qui touchait les corps et leurs fonctions. Elle pensait même consulter quelqu'un à cet effet. Mais notre situation financière est venue contrer rapidement son projet.

Cette inquiétude de Maman a semé chez moi des doutes sur la normalité de mon comportement. Je voyais bien que j'étais le seul de ma classe à m'intéresser à ce sujet. J'ai décidé alors de mener secrètement mes propres expériences de peur d'être ridiculisé. Je me suis donc tourné vers les oiseaux, les souris et même les chats errants.

J'ai appris tellement de choses, mais personne n'était là pour répondre à mes nombreuses questions. Des livres s'offraient à moi. Mais, la question d'argent mettait tous mes projets d'achat en cause.

Depuis le départ de Papa, notre vie à la maison s'était beaucoup améliorée grâce au chèque de compensation reçu des Forces canadiennes. Mon frère Albert connaissait un succès marqué dans la cordonnerie au point où sa clientèle avait plus que doublé. Il pensait même embaucher un employé à plein-temps. Maman avait retrouvé son sourire réalisant qu'elle ne devait, en aucune façon, se culpabiliser de la mort de Papa.

Je venais de terminer mon primaire et, grâce à mes résultats scolaires exceptionnels, j'obtenais une bourse me permettant de m'inscrire au cours classique du Collège Saint-Charles.

Mon programme d'études était très clair : obtenir un doctorat en médecine avec une spécialité en chirurgie. Je n'anticipais aucun problème à obtenir les résultats requis. Sans m'enorgueillir, j'étais parfaitement conscient de mon potentiel intellectuel supérieur et de mes capacités à exceller.

Le 1er septembre 1957 se pointait enfin. J'entrais dans ma première année de médecine à l'université Saint-Paul. Mon rêve voyait finalement le jour : percer les mystères du corps humain, saisir les sources qui l'alimentent, les causes de sa déchéance, lever le voile sur tout ce qui le fait vivre, sur les remèdes « naturels » qui le fortifient et lui donnent l'espoir d'une vie sans fin.

J'ai toujours cru que le corps humain est une merveilleuse machine que l'on doit respecter sans prétendre un jour l'améliorer. Si je me lançais en médecine, c'était plus pour le comprendre, saisir son fonctionnement et ficeler les cordes qui lui permettraient de continuer à vibrer.

J'en suis sûr qu'il m'enseignera une foule de choses que l'on ne pourrait trouver dans les livres les plus savants. J'aurai entre les mains la vie d'un homme ou d'une femme dont un geste des plus banals pourra entraîner sa fatalité. C'est une vocation exaltante, mais combien périlleuse.

Cet enthousiasme fut soudain assombri par un tragique accident : en voulant utiliser un nouvel outil de clouage de talons, Albert s'est planté une pointe de métal acéré dans l'œil droit atteignant la partie inférieure du cerveau. Transporté d'urgence à l'hôpital, il subit une chirurgie des plus délicates et risquées. On lui sauva la vie, mais il perdit un œil et s'en tira avec une paralysie de tout son côté droit. Après une semaine de convalescence, il revint chez nous en chaise roulante.

C'était le vendredi 13 décembre 1957.

Cette nouvelle épreuve ajoutait un fardeau supplémentaire à Maman qui devait s'occuper à plein-temps de mon frère André atteint de la chorée aiguë depuis l'âge de cinq ans. Il fallait également trouver un nouveau cordonnier pour assurer le bien-être de la famille. Qui d'autre pouvait prendre la relève d'Albert sinon le cadet, moi-même ? Du même coup, s'envolait en fumée mon rêve de chirurgien.

Le lendemain, j'abandonnais donc mes études de médecine et m'attelais courageusement à la tâche de cordonnier. Je n'y connaissais rien à ce métier. Heureusement l'employé qu'Albert avait embauché m'enseigna les rudiments de base. C'est la mort dans l'âme que je faisais parvenir, trois jours plus tard, à l'université Saint-Paul, ma lettre d'abandon de cours.

Les premiers mois furent des plus pénibles. Je ne pouvais m'imaginer passer le reste de ma vie enfermé entre quatre murs dans cet endroit sale et sombre où régnait constamment une odeur de colle. Je me sentais cependant responsable de la survie de la famille, notamment celle de Maman qui présentait de plus en plus des signes inquiétants d'épuisement.

Lorsqu'un nouveau client se pointait à ma porte, je l'accueillais affablement mais au fond de moi-même, j'aurais voulu lui dire : « Je regrette, monsieur ou madame, je suis trop occupé. Pouvez-vous revenir dans un mois ? »

Lorsque je rejoignais la famille pour les repas, je plongeais dans une atmosphère des plus déprimantes : Albert, confiné à sa chaise roulante, s'exprimait peu et avec grande peine ; André faisait des grimaces, tirait la langue et bougeait constamment la mâchoire et Maman, jamais maquillée, souriait peu et préférait se taire pour, peut-être, éviter de crier son angoisse. J'avalais rapidement mon repas souvent peu appétissant et m'empressais de revenir dans mon repère sans âme.

Une autre épreuve m'attendait : le cancer de Maman. Huit mois après avoir pris la gestion de la cordonnerie, j'appris cette triste nouvelle : Maman devait subir l'ablation d'un sein. Après un examen minutieux, on s'est vite rendu compte que le cancer s'était répandu dans tout son organisme. On lui donnait à peine deux mois de survie.

Le choc n'aurait pas pu me frapper plus durement. Sans trop négliger la boutique, j'entrepris les démarches pour placer Albert et André dans un centre de soins appropriés. Après deux semaines de recherches intensives, j'ai déniché le Centre Bon Secours qui se spécialisait dans ce genre de maladie et qui était disposé à accepter mes deux frères.

J'étais toutefois conscient que la véritable épreuve était à venir. Une semaine plus tard, j'embauchais une travailleuse sociale qui pouvait assister Maman.

Les semaines qui suivirent furent, je crois, les plus pénibles de ma vie. J'assistais passivement chaque jour au déclin de Maman qui ne pouvait dissimuler ses horribles souffrances. Elle était la personne sur terre à laquelle je tenais le plus. Elle avait, de son côté, gâté à outrance son cadet qui le lui rendait au centuple. Je ne pouvais envisager ma vie future sans Maman.

La dernière semaine de sa vie, j'ai fermé la cordonnerie pour lui prodiguer tous les soins dont elle avait besoin et soulager, un tant soit peu, ses atroces douleurs. Je voulais tout simplement être là pour recueillir de ses lèvres ses dernières paroles et partager la souffrance des ultimes instants de vie. Je me voyais déjà jouer le rôle du grand chirurgien capable de colmater les brèches d'où pouvait s'échapper la vie.

Le grand départ est venu le 13 juin 1958, un autre funeste vendredi 13.

Ses dernières paroles : « je t'aime… je vous aime tous… » et elle partit calmement, soulagée d'une vie sans grand éclat.

Cette disparition engendra chez moi à la fois un immense désarroi et un grand vide. J'étais maintenant seul à diriger ma barque et à tenter d'éviter le plus grand nombre d'écueils possible. Étais-je vraiment équipé pour contrer toute dérive et garder le cap sur le bon port, celui qui pourrait combler tous les rêves de ma vie ?

J'avais peu d'expérience soit, mais j'étais doté d'une capacité extraordinaire d'adaptation au changement et d'inventer des solutions originales de survie. D'ailleurs, je ne connaissais personne dans mon entourage qui aurait pu m'offrir l'aide dont j'avais besoin ou me prodiguer des conseils judicieux. Je devais donc compter entièrement sur moi et sur ma courte expérience de vie.

Première démarche : vendre notre vieille maison y compris la cordonnerie. Le prix, je crois, était ridicule puisque deux jours après avoir placé l'annonce, je recevais une offre d'achat sans aucune négociation. J'ai accepté sur-le-champ.

Un vent de liberté m'envahit du même coup. Je venais de briser le dernier lien qui m'unissait à ma famille et m'attachait à ce petit coin de pays. Plus aucune attache, ni aucune obligation et une liberté financière respectable.

Le lendemain, je m'achetais un petit condo tout meublé dans le centre-ville de Québec et m'inscrivais aussitôt à l'université Laval à la première année de médecine débutant à l'automne 58. J'avais donc tout l'été pour guérir un tant soit peu les blessures profondes qu'ont laissées les derniers événements et revenir à une vie plus normale.

Je m'empressai d'acheter une tente et une dizaine de livres traitant de biologie, de zoologie et d'astrologie et je m'évadais en solitaire sur les bords du lac Saint-Clair.

La vie nomade me seyait bien. Chaque jour, je me levais avec le soleil et, en position lotus, je méditais selon la méthode tibétaine, le *shinai*, que j'avais apprise au cours de ma dernière année du secondaire. Je cherchais essentiellement à établir chez moi le calme mental et à porter toute mon attention sur ma respiration.

Comme il m'avait été enseigné, j'exerçais des pressions sur mes pensées et mes émotions et les laissais aller et venir. Mon but ultime : développer chez moi une capacité de concentration et de sérénité.

Aurais-je fait un bon ermite ? Je ne crois pas. Au fond, après ces longues méditations, j'avais besoin de revenir « dans le monde » et profiter de la présence des autres pour échanger et confronter mes idées.

C'est dans ce havre de paix qu'une autre épreuve m'attendait. En escaladant un flanc de montagne un peu trop escarpé, je suis tombé, j'ai glissé de plusieurs mètres et me suis fracturé une jambe tout en striant tout mon côté droit de profondes éraflures.

Ce bête accident marquait la fin d'une merveilleuse aventure et des vacances de rêve. J'avais pourtant fait preuve de toute la prudence qui s'imposait dans l'exercice de ce sport. J'avais toutefois l'impression qu'une main invisible avait saisi ma cheville et provoqué ma chute. Était-ce là l'effet d'une singulière illusion ou l'action mystérieuse d'un esprit maléfique qui aurait pu prendre plaisir à me poursuivre ?

Je ne crois pas à tout ce monde invisible légendaire qui s'acharnerait à nous harceler sans raison apparente. Mais, cet événement précis me laissa un goût bien amer et souleva en moi une série de questions qui restèrent sans réponse.

En visionnant le film de ma vie, j'ai constaté qu'à plusieurs reprises je fus victime de semblables « accidents » auxquels je ne pouvais trouver d'explications raisonnables. Je m'imaginais être victime d'une force mystérieuse qui me poussait à accomplir, sans raison, des actions insolites et bizarres que je ne pouvais expliquer. Parfois, j'avais l'impression que ma vie ne m'appartenait pas. J'étais, en somme, un genre de girouette qui tournait selon le caprice des vents sans pouvoir réagir ou redresser l'orientation qui m'était imposée.

Ces événements se transposaient souvent la nuit en des rêves d'angoisse, reflets fidèles de ce que j'avais vécu la journée même. J'essayais d'oublier. De me convaincre que ce n'était là que le fruit de mon imagination. Que ces incidents ne pouvaient s'expliquer rationnellement. Mais, un doute ne cessait de planer dans mon esprit. Et si c'était vrai ? Si certains esprits prenaient plaisir à s'acharner sur nous et à tenter de nous faire trébucher ?

C'est donc en béquilles que je me présentais à l'université en septembre. Je ne m'attendais pas à une entrée aussi pénible. Je l'aurais voulu si parfaite, si particulière, si inspirante. Au lieu de cela, j'étais cet athlète handicapé qui semblait mendier une case de départ sachant pertinemment bien que la victoire devait être acquise au seul déploiement d'efforts considérables.

Je ne voulais toutefois, en aucune façon, me laisser abattre par cette épreuve et c'est avec un regain d'énergie que je gravis presque allègrement les vingt-deux marches qui m'ouvraient toutes grandes les portes de l'université.

La course était donc lancée. Je ne voulais surtout pas freiner mon enthousiasme si fragile à m'imaginer les obstacles que j'aurais à franchir tout au long de mon long parcours d'étudiant. Je savais que le taux d'abandon était considérable surtout en médecine.

Je me pointais donc, seul, en un lundi matin de septembre 1958. Un sentiment de solitude m'envahit soudain en voyant la plupart de mes collègues, tout sourires, entourés d'amis et de parents. Je pensais à Papa et Maman qui, j'en suis sûr, auraient été fiers de leur fils.

On peut vaincre la solitude jusqu'à un certain point, elle nous rattrape toujours dans les moments les plus difficiles de la vie. Malgré mon optimisme naturel, j'en fus, à maintes reprises, la proie, déchirant du même coup le voile qui dissimulait mon vrai visage.

Ma première année fit germer une grande amitié. Paul, mon compagnon de chambre m'a, en effet, donné l'occasion de vivre un échange de sentiments des plus enrichissants.

J'avais trouvé un ami, le premier de ma vie. J'avais appris également, pour la première fois, que l'amitié est essentiellement fondée sur l'oubli de soi.

Fils unique d'un médecin, Paul avait décidé de suivre les traces de son père non pas dans un but lucratif, mais par goût. Comme moi, il avait pris plaisir à disséquer des petits animaux à la recherche du mystère de la vie. Nous avons longuement confronté nos expériences pour se buter aux mêmes questions auxquelles nous espérions trouver des réponses satisfaisantes au cours de nos études.

Nos chemins se croisaient en temps opportun. Malgré les exigences de mes études, je me sentais constamment victime en quelque sorte d'une solitude qui collait à chacune des fibres de mon être. J'avais trop longtemps souffert de l'indifférence de mon entourage, notamment celle de ma famille qui s'était disséminée comme le brouillard d'un matin d'été.

Maman avait tenté bien vainement de combler cette solitude. Son départ précipité avait, encore une fois, changé mes plans d'espoir. Toutes les portes se fermaient une à une emprisonnant les efforts que je déployais pour en sortir.

Paul arrivait donc au bon moment. Il me donnait la petite poussée dont j'avais besoin pour continuer à avancer. C'était bien inconsciemment qu'il le faisait. Je ne cherchais, en aucune façon, de l'aide de sa part, mais tout simplement une présence. Une présence discrète qui brisait à tout hasard les chaînes de ma solitude. Était-ce égoïste de ma part ? Je ne crois pas. Puisque, de mon côté, je lui offrais l'affection d'un frère qu'il n'avait jamais connue.

La valeur de l'échange ne se mesure pas à l'abondance des biens qu'on y verse, mais bien au degré d'originalité, de pertinence et de détachement qu'on y apporte. Le véritable échange sait également tolérer les divergences sans en altérer la qualité.

Sans atteindre ce degré de perfection, nos échanges étaient essentiellement empreints de respect. Nous avions implicitement adopté le principe d'exprimer nos idées peu importe si elles divergeaient de celles de l'autre.

Nous nous sommes donc lancés sans aucune restriction dans nos études approfondissant tel ou tel point obscur. Notre objectif principal : comprendre. Saisir tout ce que tel ou tel principe cachait, ses incidences, ses applications possibles.

On détestait au plus haut point l'histoire de la médecine qui n'offrait, en somme, qu'un regard estompé sur ce que l'on croyait auparavant sans jeter un éclairage sur le bien-fondé des pratiques d'aujourd'hui. À quoi sert d'apprendre que l'on peut guérir la méningite tuberculeuse depuis 1940 grâce aux antibiotiques. Tournons la page et concentrons nos efforts sur les maladies d'aujourd'hui non résolues et les recherches menées à cet effet.

Les labos étaient notre force. Grâce à notre curiosité intellectuelle, nous avons mené, de façon positive, des recherches poussées notamment sur les microbes pathogènes et les points d'entrée dans notre corps. Nos recherches se prolongeaient bien au-delà de nos cours et faisaient l'objet de discussions des plus positives et exaltantes.

Une complicité s'établissait entre Paul et moi resserrant chaque jour nos liens d'amitié, au point où l'on ne pouvait s'imaginer vivre l'un sans l'autre. On passait nos vacances dans le magnifique chalet de ses parents, sis aux abords du lac Saint-Clair, où tout nous était permis : ski nautique, kayak, canot, pêche, nage, plongée sous-marine, etc. C'était le bonheur parfait !

Le soir, après un repas copieux, on jouait à l'Indien en allumant un magnifique feu de joie où les étoiles se mêlaient à la volatilité des milliers d'étincelles qui s'échappaient de notre incendie nocturne. Le calme et la fraîcheur des soirs d'été peuplaient notre silence au goût d'éternité.

Le bonheur terrestre n'est jamais éternel même s'il repose sur des bases impérissables. Il n'est surtout jamais durable pour qui est né un vendredi 13.

On revenait à l'université en septembre 1961 pour entreprendre notre quatrième année de médecine. Nos vacances de rêve avaient comblé toutes nos attentes. Heureux et insouciants, on roulait dans la Mercedes de Paul quand un jeune fou du volant, qui filait à vive allure, a raté un tournant et est venu s'écraser sur notre voiture. Le choc fut terrible.

Je me réveillai douze heures plus tard dans un lit d'hôpital le corps entièrement enrobé de bandelettes blanches. Il n'y avait aucune parcelle de mon corps qui ne revendiquait sa part de douleur. Je fermai les yeux et sombrai dans un profond sommeil qui dura apparemment deux jours.

J'ouvris enfin les yeux. J'étais seul. Soudain, une infirmière se pointa. Elle arborait un large sourire :

— On vous a sauvé M. Toussain. Tout va bien maintenant. On a craint pour votre vie... Votre copain n'a pas eu votre chance...

Puis, elle est partie sans autre explication me laissant sombrer à nouveau dans une profonde nuit.

Je ne peux me rappeler tous les rêves horribles qui ont alors bouleversé mon esprit qui se promenait entre un éveil momentané et l'inconscience. Je voyais une voiture s'écraser sur notre véhicule, des corps virevoltés à gauche et à droite, Paul éjecté de son siège, affreusement déchiré par les morceaux de verre du pare-brise, du sang jaillir de toute part, une épaisse fumée encercler les véhicules en lambeaux et le cri lugubre d'une sirène qui se perdit à la fin dans les brumes de l'inconscience.

Mon deuxième réveil fut brutal puisqu'il me projetait dans un état de conscience où il était maintenant possible d'évaluer la situation réelle dans toute sa nudité. Je ressentais maintenant mon corps et pouvais mesurer la gravité de mes blessures.

Mais aussitôt, la parole de l'infirmière : « votre copain n'a pas eu votre chance », qui est venue obséder mon esprit, me ramena du même coup à la réalité. Qu'est-il arrivé à Paul ? Où est-il ? Pourquoi ne partageons-nous pas la même chambre ? Répondez-moi !

Le son de ma voix m'a d'abord surpris tout en alertant l'infirmière qui est accourue aussitôt :

— Reposez-vous M. Toussain, dit-elle, un peu inquiète, le médecin viendra vous voir bientôt…

Mon esprit avait retrouvé maintenant toute sa lucidité. Avec une voix que j'avais peine à reconnaître, je tentai d'articuler une phrase qui avait toutefois tout son sens :

— Mademoiselle, je voudrais savoir comment est mon compagnon, Paul ?

Son regard s'assombrit soudain accompagné de gestes nerveux comme pour masquer la vérité et, sans me regarder, elle lança d'un seul trait : « le médecin vous en parlera… » et elle quitta précipitamment ma chambre.

Tout ce scénario était de très mauvais augure. La crainte de connaître la vérité se transforma soudain en un égarement de mon esprit et se perdit dans la brume de mon inconscient.

Je fus éveillé par la main du médecin qui m'auscultait de toute part. « Ça va ? » me dit-il en me voyant ouvrir les yeux. Je pris rapidement conscience des raisons de mon égarement soudain et me buta à nouveau à la même question, vitale pour moi :

— Paul, comment va-t-il ?

Informé par l'infirmière, le médecin avait prévu la situation. Sans tergiverser et sans suspendre l'examen de mes blessures, il m'annonça calmement la mort de Paul :

— Il n'a pas eu votre chance, étant situé du mauvais côté, celui de l'impact. Appelé sur les lieux de l'accident, son père lui a prodigué en vain les soins appropriés… Une fracture sévère crânienne… Il est décédé en route pour l'hôpital. J'en suis sûr qu'il n'a pas souffert… Je suis désolé pour vous… Je sais que c'était un ami très précieux…

Il faut relever la tête et se dire que la vie n'est pas finie… qu'il y aura d'autres personnes qui croiseront votre chemin et qui auront besoin de vous… Il faut vous dire que si vous êtes encore là, c'est que quelqu'un compte sur vous… quelque part…

Et il quitta ma chambre, sans attendre ma réaction. Il est évident qu'il était lui-même écrasé et qu'il n'avait pas le droit, en tant que médecin, de montrer ses émotions.

Blessé dans mon corps et dans le plus profond de mon âme, je revenais donc à la case de départ : la solitude. Elle me poursuivait de toute part et savait me trouver en temps opportun pour me briser davantage. Elle m'avait donné un court répit et était prête à m'en faire payer le prix.

L'appartement que j'ai retrouvé quelques semaines plus tard s'était revêtu d'un sombre linceul et teintait de noir tout ce qui s'y trouvait. Les objets appartenant à Paul s'étaient brodés d'un fil de tristesse et semblaient avoir perdu toute envie de survivre à sa disparition.

J'étais complètement désemparé ayant perdu tout sens d'orientation et toute envie de poursuivre ma route. À quoi sert de marcher quand le sentier que nous foulons ne mène nulle part et semble cacher d'infranchissables obstacles ? Le courage qui, jusqu'à maintenant, me permettait de survivre semblait s'éloigner de la source qui en assurait l'énergie.

« Il ne faut jamais lâcher, m'avait dit un jour mon prof d'alpinisme. Le risque est trop grand et même fatal. Il faut regarder en haut et non en bas. Les étoiles sont plus captivantes que le gouffre qui s'ouvre sous nos pieds… »

Ces idées, qui avaient stimulé ma course jusqu'à maintenant, tardaient à gonfler ma voile et me permettre de vaincre les mers les plus orageuses. Il fallait donc s'accrocher. S'accrocher à des valeurs qui m'avaient fait vivre jusqu'à maintenant et qui pouvaient me sauver d'une déchéance évidente.

C'est dans ces moments de débat crucial que j'ai pensé à Maman, qui s'est courageusement relevée après la mort de Papa et s'est accrochée à ceux qui restaient et dont elle avait la responsabilité.

L'exemple peut parfois donner des ailes à celui qui a concédé trop rapidement la victoire.

C'est donc quelque peu chancelant et revêtu de la cuirasse des grands combats, que je me présentai, un mois en retard, à ma quatrième année de médecine. Le programme s'annonçait des plus captivants en nous donnant l'occasion de mettre en pratique les théories apprises grâce à des stages pratiques dans les hôpitaux.

Les soins que je prodiguais à mes premiers patients et que je voulais les plus parfaits possible m'éloignaient de moi-même, de mes noires pensées et des appels constants à l'abandon. J'entendais en sourdine cette faible voix qui ne cessait de répéter :

— Ne lâche pas… Vois ces gens… Ils ont besoin de toi… Tu ne peux les abandonner… Tu n'es pas seulement un médecin du corps, mais un guérisseur d'âmes…

En peu de temps, je devins le stagiaire le plus recherché de l'hôpital Saint-Luc non pas seulement en raison de mes compétences, mais aussi de mes approches empathiques. Pour moi, le patient était un tout. On ne pouvait dissocier le corps et l'âme. On connaissait l'interaction de l'un sur l'autre. On ne pouvait guérir l'un sans la participation active de l'autre. Pour moi, un sourire que l'on arrachait à un patient pouvait représenter des mois de survie et même ouvrir une fenêtre sur sa guérison.

Chacun d'entre eux était une personne unique dotée d'une personnalité propre, un passé qui vivait en eux, des valeurs uniques, des problèmes, des goûts, des tendances, des craintes, des capacités plus ou moins grandes à supporter la douleur et l'idée de la mort. On ne pouvait ignorer toutes ces dimensions humaines et consacrer uniquement son attention sur les troubles corporels qui, en apparence, affectaient la santé du malade.

Ma méthode introspective souleva bientôt des réactions des plus positives, mais aussi d'acerbes critiques. On me reprochait essentiellement de consacrer trop de temps à certains patients au détriment des autres. Certains de mes surveillants allaient même jusqu'à m'imposer un temps limite de visite :

— Nous avons un nombre considérable de malades, on ne peut s'attarder à certains cas trop complexes. Il faut prononcer rapidement un diagnostic, l'inscrire clairement dans le dossier du patient de même que tous les médicaments administrés. Une documentation précise est capitale pour éviter des problèmes éventuels en cas de poursuites futures.

Il faut se protéger comme médecin, protéger notre profession, la réputation de nos institutions de santé, etc.

Bien que tout à fait correct et rationnel, ce langage qui circulait autour de nous ne collait en aucune manière à mes convictions personnelles ni ne correspondait à l'idée que je m'étais faite de la médecine. En qualité de stagiaire, je n'avais pas d'autre choix que de fermer les yeux et d'adhérer à cette doctrine pour le moins contestable.

Au fond de moi-même, cependant, je ne pouvais violer les convictions profondes qui m'avaient fait vivre jusqu'à maintenant et endosser aveuglément tous les principes de la bible médicale d'alors.

Le masque qui cherche à nous protéger nous empêche parfois de voir la lumière.

C'est au cours d'un stage pratique que j'ai fait la rencontre de ma vie. Une jeune infirmière que je n'avais pas encore remarquée se pointa soudain au poste de garde du sixième étage.

— Bonjour docteur Toussain. C'est moi qui vous assiste aujourd'hui.

Lancée avec le plus beau sourire, cette courte phrase m'a complètement décontenancée et m'a fait bredouiller quelque chose comme : « C'est bien… C'est très bien… C'est parfait… Bon, venez… Garde. »

Nous nous sommes envolés dans le grand couloir. Le mot « envolé » n'est pas exagéré puisque je flottais radicalement sur un nuage de rêve. Elle tenait les dossiers ; moi, silencieux – étais-je en mesure de prononcer des paroles sensées – serrais mon stéthoscope désespérément, ne sachant si je rêvais ou si j'avais bien les deux pieds sur terre. Je n'osais diriger mon regard vers elle de peur de briser la magie qui soudainement s'était établie entre nous – je dis « nous » sans trop savoir ce qu'elle éprouvait à mon égard.

— C'est ici, docteur, la chambre 66...

Comme à la sortie d'un songe inachevé, je saisis délicatement le dossier qu'elle me tendit puis m'engouffrai sans hâte dans la chambre qu'elle m'indiquait. Je m'approchai du lit de la patiente, elle, de l'autre côté, juste en face de moi. Par bonheur, la patiente se portait bien. En somme, un examen de routine.

Je dis heureusement, car j'avais perdu tous mes moyens. Je faisais des efforts désespérés pour me concentrer sur la malade, mais en vain. L'infirmière avait hypnotisé mon regard qui maintenant m'observait et semblait tirer le plus grand plaisir de mon malaise.

Les autres visites se sont déroulées dans la confusion la plus totale, au point où je questionnais maintenant mon professionnalisme. La situation quelque peu saugrenue m'a toutefois permis inconsciemment de mettre en évidence mes talents de futur médecin et d'affiner mon approche auprès des malades, au point où après la tournée, revenus au poste de garde, l'infirmière m'a lancé :

— Vous ferez un bon médecin... il est rare de voir quelqu'un traiter les malades de façon aussi humaine...

C'était le comble ! Je ne pouvais plus résister aux charmes de Garde Nathalie – j'avais aperçu son prénom sur l'un des dossiers. En la remerciant de son aide, je lui glissai :

— Ce fut un grand plaisir de travailler avec vous, Garde Nathalie. Je reviens demain… serez-vous là ?

— En fait, oui… je suis ici tous les jours, répondit-elle.

— Nous pourrions…

— Bien sûr… répondit-elle, ne sachant trop ce qu'elle acceptait.

Ce fut un véritable coup de foudre et le début d'une merveilleuse aventure qui perdura des siècles comme dans les contes de fées.

Nathalie était une personne merveilleuse. Sans être une déesse de beauté, elle possédait un charme magnétique, une finesse d'esprit déroutante, une capacité extraordinaire d'empathie et une vivacité remarquable. C'est tout cela qui m'a séduit dès les premiers instants de notre rencontre.

C'était une femme parfaite ! Seul un homme en amour peut attribuer à quelqu'un un tel compliment. Tous ses « défauts » – en avait-elle ? – s'étaient volatilisés comme par enchantement.

J'avais enfin trouvé une perle rare que je m'empressai d'enfouir soigneusement dans son écrin.

Il est étonnant que ces moments de plénitude, comme ceux-là, parviennent à effacer si rapidement de notre mémoire nos plus noirs souvenirs. Hier, je marchais seul dans les ténèbres. Aujourd'hui, je vole dans la lumière d'un matin d'été, insouciant et heureux.

Nathalie avait soudain déclenché en moi cette fureur de vivre éliminant du même coup la crainte de me briser à nouveau sur tout écueil qui bloquerait ma route. J'avais retrouvé l'audace que la solitude m'avait ravie et qui m'empêchait d'avancer en toute quiétude.

Je n'avais pas encore terminé ma quatrième année de médecine que j'envisageais déjà une spécialité en neurologie, science qui m'avait toujours fasciné en raison de la complexité et du mystère qui entouraient le fonctionnement du cerveau. Je recevais, à cet égard, l'appui de Nathalie, elle-même intéressée par le domaine : son père étant décédé, l'année précédente, d'une embolie cérébrale.

Je ne pouvais plus envisager ma vie sans la présence de Nathalie. J'avais, sans en prendre trop conscience, développé une dépendance à son égard qui m'émerveillait et m'effrayait à la fois.

J'avais peine à me reconnaître, moi qui m'étais désigné seul et unique maître à bord de ma barque depuis la disparition de Paul. J'avais l'impression de perdre le contrôle de mon timon et de naviguer aux caprices des vents.

Un risque à prendre ? La raison oublie parfois trop facilement les blessures du cœur. On ferme les yeux. On oublie. Puis, on refait le même saut périlleux en espérant cette fois-ci ne pas briser ses ailes.

J'ignorais tout de la vie à deux. Je savais toutefois qu'elle était essentiellement fondée sur des concessions et des compromis. La différence peut enrichir, mais aussi déchirer et détruire. Fallait-il, en fait, fermer sa porte et se replier sur soi refusant de jouir de la lumière de cette merveilleuse étoile qui soudain est apparue comme ça dans son univers quelque peu ténébreux ?

L'amour que m'offrait Nathalie brisait les chaînes de mon égoïsme tout en m'offrant la promesse d'une riche moisson. Pour bien s'intégrer à la société d'aujourd'hui, ne fallait-il pas bâtir un nid et assurer la survie d'une longue postérité ? Cette noble mission s'inscrivait donc dans le plan commun de tout homme de cette planète au risque de voir s'effriter l'espèce humaine.

C'est donc dans l'effervescence d'un beau matin de mai que Nathalie et moi unîmes nos destinées. Le parfum des lilas embaumait l'arrivée des grandes bernaches qui, tout sourires, nous offraient les chaudes salutations des régions du Sud. Le grand V qu'elles formaient dans le ciel semblait symboliser la victoire de notre grande conquête : celle de l'amour sur la haine et l'indifférence.

C'était d'emblée le plus beau jour de ma vie. Le père de Paul, qui m'avait voué une affection toute filiale depuis la disparition de son fils, me servit de témoin. Il était en quelque sorte l'artisan de ma ténacité et de ma carrière de médecin. Ses conseils judicieux et ses fidèles encouragements m'ont permis de ne pas flancher, de poursuivre ma route malgré les obstacles parfois insurmontables et de devenir ce que je suis aujourd'hui : un homme capable de sourire, de s'oublier et d'aimer.

Je venais donc d'écrire l'une des plus belles pages de ma vie, celle qui s'ouvrait sur une merveilleuse histoire d'amour où j'ai pu puiser à satiété le nectar qui m'a enivré pendant de si nombreuses années. Il me semblait qu'à deux, les contraintes de l'existence se transformaient soudain en d'infinies petites perles qui, de leur éclat, balisaient notre chemin.

S'il est fondé sur le désintéressement, le partage peut quadrupler nos forces et nous permettre d'atteindre des sommets jusque-là inespérés. Nathalie était celle qui savait s'oublier et m'appuyer dans tous mes projets. Elle croyait en mes approches médicales originales et m'offrait, à cet égard, des idées personnelles toujours pertinentes.

Cette plénitude qui m'était offerte si gracieusement m'a permis de gravir avec une agilité étonnante les échelons de ma profession médicale. Délesté de toute contrainte matérielle, mon esprit pouvait maintenant voler librement dans l'éthérité de l'univers des concepts et des valeurs qui avaient tissé, jusqu'à ce jour, la trame de ma vie, mais que je n'osais approfondir par crainte d'égarement

La solitude peut créer des génies, mais également de grandes folies.

Non satisfait d'avoir obtenu le doctorat en médecine, j'ai voulu pousser mes recherches dans un domaine qui me fascinait depuis ma jeunesse : la neurologie.

J'étais à la fois émerveillé et fasciné par ce joyau du corps humain qui secrètement et mystérieusement en commandait toutes les fonctions. Siège de nos émotions, de nos réflexions, et de notre identité, le cerveau nous permet de percevoir et de découvrir le monde qui nous entoure.

Pour moi, c'est, en quelque sorte, le quartier général de notre système nerveux central et la boîte noire de notre organisme. Peut-on soigner un pied ou une main sans ignorer leur relation intime avec le cerveau ?

C'est avec une grande fébrilité que j'entreprenais en septembre 1962 mes cours de neurologie. Je m'engageais toutefois à offrir mon aide en soins généraux à l'hôpital Saint-Luc où Nathalie travaillait. Je voulais avant tout saisir parfaitement les mécanismes fondamentaux du cerveau pour être en mesure de prendre en charge les maladies évolutives telles que l'Alzheimer, la maladie de Parkinson, la sclérose en plaques, l'épilepsie, etc.

J'ai toujours eu la conviction profonde que pour guérir, il fallait observer, comprendre, respecter et exploiter les capacités des personnes atteintes de maladies, s'agenouiller humblement devant ce chef-d'œuvre et faire confiance en la nature. L'homme ne cache-t-il pas en lui la source de toute guérison ?

Je fus toujours opposé à me servir du patient comme d'un laboratoire pour tenter différentes expériences même parfois au risque de sa vie. Maman m'avait inculqué des principes fondamentaux de moralité que je tenais à respecter même dans la profession de neurologue.

C'est au cours de ces réflexions existentielles qu'un grand chambardement vint soudain bouleverser toute notre existence : l'arrivée d'un premier enfant.

« Bouleverser » n'est pas tout à fait juste, il faudrait plutôt parler de « brèche », de « tournant », « d'intrusion » dans la vie d'un couple. L'amour qui axait essentiellement nos regards l'un sur l'autre devait maintenant s'exprimer par le biais de ce petit être qui réclamait toute notre attention et brisait en quelque sorte l'égoïsme d'un confort serein.

Ce nouveau partage de notre amour s'enrichissait toutefois de la présence de cette petite fille – elle avait pour prénom « Anne », née le vendredi 13 mars 1964 – qui symbolisait le don de nous-mêmes en plus de calquer fidèlement l'image de ce que nous étions.

Oui, effectivement, depuis la venue d'Anne, ma vie n'était plus la même. J'étais heureux soit, mais inquiet à la fois. Pourquoi était-elle née un vendredi 13 comme moi ? Le hasard n'est-il qu'une simple coïncidence ou le présage d'une certaine fatalité inscrite dans la nature même de son être ?

Anne ouvrait une porte à l'enchantement, mais aussi à de nouvelles responsabilités. On ne pouvait plus fermer les yeux et poursuivre sa route au même rythme sans devoir s'arrêter fréquemment pour cueillir aux abords de son chemin telles ou telles petites fleurs qu'elle admirait et prendre le temps de partager son émerveillement.

On s'attache à outrance, on couvre, on protège mais un jour, il faut ouvrir la cage et laisser s'envoler celui qu'on voulait retenir éternellement malgré lui. La vie me donnait un peu l'image de ce magnifique papillon de lune qui, chaque matin du mois d'avril, venait me visiter. Il restait là pendant des heures, immobile, accroché à ma fenêtre. Il semblait vouloir séduire par sa beauté, et pour l'émerveillement qu'il suscitait autour de lui en attendant le premier rayon de soleil pour partir.

Puis, un jour, il ne vint pas. Je l'ai attendu, mais en vain. Il n'est plus revenu. Je fermai les yeux un peu triste de ne plus revoir mon désormais ami, cette étoile qui illuminait mes premiers clins d'œil du matin. J'aurais voulu le garder pour moi, pour le seul plaisir de mes sens. Je n'avais pas compris qu'il avait, lui aussi, une mission à remplir, qu'il devait obéir à une loi de la nature : celle de créer et de disparaître. Était-ce le sort qu'Anne me réservait ?

C'est avec une folle passion que je tentai mes premières expériences neurologiques : le rêve de ma vie.

Au fil de mes recherches, je me rendais compte que la nature m'avait doté d'une intuition qui me permettait de voir des choses que les autres ne voyaient pas. Je découvrais des fonctions du cerveau jusque-là inconnues. J'avais l'impression qu'il s'ouvrait à moi me révélant ses plus profonds secrets.

Je comprenais qu'il fallait chercher au niveau du cerveau la réponse à tout trouble corporel. Son fonctionnement des plus complexes est une merveille de la nature. Seul un être supérieur pouvait créer une telle harmonie.

Toute ma vie était dès lors centrée sur mes recherches au point de négliger ma petite famille. Depuis la naissance d'Anne, Nathalie avait quitté son poste d'infirmière pour concentrer toutes ses énergies sur notre fille. Cette décision m'avait quelque peu soulagé et réduit ma culpabilité de ne pouvoir assumer pleinement mes responsabilités de père.

Nathalie avait compris. Non seulement acceptait-elle la situation, mais elle ne manquait aucune occasion de m'encourager et de m'appuyer dans tous les efforts que je consacrais à mes tâches. Elle était elle-même passionnée par le sujet et m'avait avoué un jour avoir déjà envisagé de telles études.

Le soir, de retour à la maison, je partageais avec Nathalie le fruit de mes recherches ce qui suscitait des discussions toujours enflammées, mais positives.

Et la nuit venait.

Des nuits que je n'avais pas connues jusqu'à maintenant. Des nuits dont j'anticipais la venue et que parfois, j'aurais voulu ne pas vivre tant elles teintaient de noir mon existence.

Ces nuits se présentaient toujours à la suite d'interventions cervicales souvent pénibles auxquelles j'avais participé au cours de la journée. J'avais l'impression qu'elles se plaisaient à peupler mes rêves de cauchemars.

Parfois, j'ouvrais des cerveaux sans vergogne à coups de bistouri d'où giclaient des ruisseaux de sang. D'autres fois, des pensées prenaient corps et s'échappaient des cerveaux sous forme de serpents accompagnés de sifflements lugubres. Ils me fixaient, gueule ouverte, prêts à me dévorer. Parfois encore, les cerveaux se transformaient en de gigantesques entonnoirs m'aspirant et m'engloutissant dans les dédales de sombres cavernes d'où je ne pouvais m'échapper.

J'avais peine à interpréter de telles horreurs qui ne correspondaient en rien à l'idée que je me faisais du cerveau humain. J'avais l'impression d'avoir violé un sanctuaire secret qui me reprochait mes indiscrétions et tentait d'échapper à mes recherches insolites.

Je mettais alors en doute les choix de carrière que j'avais faits et la voie dans laquelle je m'étais engagé. Étais-je prêt à vivre pendant toute mon existence ces nuits qui, à la fin, m'effraient sans pouvoir en percer le mystère ? Ces rêves bizarres me suivaient durant le jour et m'inspiraient des gestes que je n'aurais pas posés en temps normal.

Je n'ai jamais excellé dans l'interprétation des rêves et je n'étais pas du genre à solliciter l'aide d'un spécialiste en la matière. Je savais toutefois que les rêves sont le langage de nos peurs et qu'ils reproduisent en images, souvent impressionnistes, nos frustrations et nos désirs avortés.

J'avais du mal à établir le lien entre ces rêves et mon travail de chirurgien qui, pourtant, m'apportait toute la satisfaction que j'espérais. Parfois, je m'imaginais qu'un esprit maléfique me poursuivait jaloux de mes succès.

Malgré l'acharnement de cette force mystérieuse et gênante, ma carrière prenait du galon tous les jours. J'avais atteint, en quelques années, un tel niveau de compétence qu'on me confiait maintenant les cas les plus complexes.

La nature m'avait doté d'une vision particulière qui me permettait de saisir, de façon globale, l'interaction entre les fonctions du cerveau et les réactions corporelles qu'il provoquait ou commandait.

J'osais. Attitude qui transformait en force la timidité des gestes que tout chirurgien n'ose poser par crainte de se tromper et d'engendrer des résultats désastreux. J'avais une confiance presque aveugle en la capacité de l'être humain à corriger ses désordres et à panser ses déchirures.

J'avais la ferme conviction que tout homme cache en lui-même sa propre médecine et peut, grâce à une attention dont il est doté, comprendre les mouvements de son corps et trouver les remèdes appropriés.

L'homme n'est-il pas plus intelligent que la bête qui, sans l'aide d'un médecin, est capable de découvrir dans la nature ce qui peut guérir son mal.

Cette dépendance de l'homme envers le médecin s'est acquise à travers le temps révélant son apathie et son insouciance à chercher, à sélectionner et à absorber les médicaments que la nature a fabriqué tout spécialement pour lui.

J'ai, depuis longtemps, grande foi en la phytothérapie, médecine douce, qui cherche à soigner grâce aux vertus médicinales des plantes naturelles. C'est, en fait, la méthode de santé utilisée par tous les peuples depuis toujours.

Aujourd'hui, les remèdes vendus en pharmacie et offerts à prix d'or sont créés sur la base de plantes trouvées dans la nature et souvent expérimentées par les indigènes depuis des millénaires. La plupart des gens d'aujourd'hui ignorent l'existence de ces milliers de plantes qui nous entourent et leurs propriétés médicinales.

La nature, véritable paradis terrestre de l'homme, nous les offre gratuitement. Il s'agit de s'arrêter et de les cueillir tout simplement sans aucune prescription comme l'ail, l'artichaut, l'aubépine, l'avoine, le bouleau, la bruyère, le cassis, la cerise, le coquelicot, le cyprès, le fenouil, le frêne, le houblon, la lavande, la mauve, la mélisse, la menthe, l'oignon, la pensée sauvage, la sauge, le saule, le serpolet, le thym et d'autres plantes familières aux vertus souvent ignorées.

Ces plantes, classées sous le vocable « médecine douce », ont la propriété d'agir lentement sur l'organisme humain exigeant une patience que l'homme d'aujourd'hui ne peut tolérer : on ne peut attendre, on veut guérir sur-le-champ. On est disposé à défrayer une fortune pour des « pilules » miracles faites à partir de plantes naturelles.

Je me souviens qu'étant stagiaire à l'hôpital Saint-Luc, j'avais recommandé un traitement à l'ail à une patiente qui se plaignait de maux de gorge. Cette prescription souleva un tollé dans l'hôpital au point où mon superviseur me reprocha mon manque de professionnalisme :

— Ce n'est pas sérieux, docteur Toussain. Faut-il vous rappeler qu'il est impératif de s'en tenir essentiellement aux prescriptions du code de déontologie médical, sinon on s'expose à des poursuites…

Ce fut malheureusement mon dernier écart au code de déontologie. Je me suis alors résigné à ne pas sortir des sentiers battus jusqu'à ce que je puisse voler de mes propres ailes et révéler au monde cette science naturelle miracle.

Je me résignai donc à cultiver l'ignorance des gens pour respecter le serment d'Hippocrate qui définit les devoirs et les obligations des médecins envers leurs maîtres, leurs confrères, leurs malades et surtout envers la société.

Chacun cherche ou plutôt se convainc que ses choix de vie présente et surtout future sont les bons, et se motive comme il peut, selon sa nature. Blaise Pascal écrivait dans *Les Pensées* au sujet de la vérité :

« Rien n'est plus étrange dans la nature de l'homme que les contrariétés que l'on y découvre à l'égard de toutes choses. Il est fait pour connaître la vérité ; il la désire ardemment, il la cherche et cependant, quand il tâche de la saisir, il s'éblouit et se confond de telle sorte qu'il donne sujet de lui en disputer la possession. »

Malgré les pressions incessantes qui me poussaient à fermer les yeux et à prendre aveuglément le grand train qui mène partout et nulle part, je pouvais me glorifier d'être resté fidèle à mes convictions personnelles et d'avoir axé toute ma vie sur les valeurs de mon enfance.

Comment le funambule peut-il franchir, sans broncher, les quelques mètres qui le séparent de son but s'il croit que son fil peut le trahir à tout moment ?

Après quelques années consacrées à fouiller les études les plus récentes et les plus crédibles sur les pathologies touchant le cerveau et ses composantes, sur les approches de guérison des troubles tirant son origine de son mauvais fonctionnement, à pratiquer, en compagnie de neurologues les plus réputés, la gamme des chirurgies cérébrales, j'obtins le « droit » de voler de mes propres ailes sans crainte de représailles.

On se respecte dans le monde médical tant qu'on suit le « code », le seul et l'unique. Mais le jour où l'on veut innover, se démarquer de ses maîtres, oser, tenter de nouvelles expériences, on risque de s'isoler et de se priver de l'appui de ses collègues.

C'est bien le sort qui m'était réservé. J'avais trop d'ambition pour suivre les sentiers battus et me restreindre aux méthodes traditionnelles en vigueur. Sans vouloir me soustraire aux pratiques établies, je cherchais à exploiter les pouvoirs dont dispose l'être humain avant de procéder à toute chirurgie.

Je savais que le corps possède des forces de guérison insoupçonnées qu'il suffit de détecter et d'éveiller. Il faut du temps et de la patience. La nature peut faire des miracles, encore faut-il respecter ses règles.

Un jour, au cours d'une promenade dans le bois, un homme trouve un jeune loup blessé à une patte. En bon samaritain, il s'empresse d'attraper le loup et de l'amener chez lui. Vulnérable, l'animal se laisse soigner. On lui panse ses blessures et on lui sert de la nourriture de table.

Deux jours se sont écoulés sans obtenir des résultats. Le troisième jour, le loup disparaît laissant derrière lui les pansements qu'on avait utilisés. Curieux, l'homme part à la recherche de son petit loup. Il le trouve à peu près au même endroit, là où il l'avait découvert. Il était couché calmement léchant sans arrêt sa plaie qui semblait sur le point de guérir. À ses côtés, un petit lièvre déchiqueté.

L'homme a compris. Il est reparti chez lui songeur, mais heureux d'avoir découvert une facette cachée de la nature dont il ignorait l'existence.

Mes collègues chirurgiens, eux, n'avaient pas compris. Ils n'avaient pas compris que toute guérison repose avant tout sur une volonté personnelle du malade et sur l'exploitation des forces curatives dont chacun dispose en lui et qui sont à la hauteur des troubles qui pourraient l'affliger.

Cette approche nouvelle, loin de plaire à tous, a pris toute sa valeur le jour où elle permit la guérison d'une de mes patientes. Je devrais dire la patiente du docteur Chicoine qui, un jour, désespérée, est venue me voir. Le docteur Chicoine avait diagnostiqué une tumeur maligne au cerveau non traitable.

— Vous voulez guérir madame Chénier ? lui demandai-je en la fixant droit dans les yeux. Vous pouvez le faire. La guérison est en vous. Il s'agit d'exploiter les forces qui vous habitent et qui n'attendent que le moment où vous serez disposée à vous en servir.

C'était la première fois que je mettais en pratique ma méthode d'autoguérison que j'avais conçue à la suite de longues recherches où je mettais en valeur l'influence de l'esprit sur le corps.

Je constatais que ce dernier répondait positivement aux stimuli de l'esprit et aboutissait à la destruction des mauvaises cellules. Il était donc possible d'élargir notre champ de conscience et de freiner ou d'activer l'évolution de toute maladie.

Madame Chénier était le sujet idéal à l'essai de mon approche. Elle était fondamentalement positive et dotée d'une volonté de fer de guérir. Deux conditions essentielles pour réussir.

J'étais tout à fait conscient de jouer ma dernière carte. Un échec correspondrait à la fin de ma carrière.

On me reprocherait de ne pas avoir administré les soins appropriés, de ne pas avoir respecté le « code » et d'avoir provoqué consciemment la mort de cette dame. Une victoire, par contre, me propulserait à tout jamais à l'avant-garde de ma profession.

Après avoir consacré de longues heures à lui expliquer les fondements de cette approche, je lui ai exposé clairement les exigences de cette thérapie. Le défi était simple : survivre ou mourir.

L'expérience fut des plus pénibles. Il était impératif de ne pas lâcher. Il fallait constamment encourager, pousser, stimuler, vaincre toute pensée négative, optimiser les moindres progrès.

Après deux mois de lutte, je constatai, à mon grand étonnement et à ma grande satisfaction, une amélioration notable de son état. Le nombre de cellules cancéreuses avait diminué laissant la place à un possible espoir.

Enfin, après quatre mois de travail acharné, il n'y avait plus de trace de cancer. La méthode d'autoguérison avait donc triomphé de même que son auteur.

Ce succès éclatant a vite parcouru l'hôpital, le monde médical et même les grands pays d'Europe. D'un coup, ma carrière prenait un virage tout à fait inusité. J'étais maintenant invité sur les grandes tribunes de la province et du Canada et même d'Europe pour expliquer mon approche qui se résumait simplement de la manière suivante.

Fondement de départ :

Il y a en nous une force qui peut activer ou freiner la maladie. Cette force prend ses racines dans la capacité du corps à répondre adéquatement aux exigences de l'esprit, soit :

- optimiser l'image que l'on a de soi, l'idée que l'on se fait de soi-même ; avoir confiance en soi ;
- se doter d'objectifs précis de vie ;
- éviter de s'apitoyer sur soi ;
- aimer les autres et leur pardonner ;
- pratiquer la tolérance, l'autonomie et établir des relations interpersonnelles ;
- en somme, se convaincre du pouvoir illimité de l'esprit et rétablir l'harmonie entre le corps et l'esprit qui aurait pu se briser au cours de notre cheminement terrestre.

Cette approche thérapeutique a suscité une vive controverse au sein du personnel de l'hôpital Saint-Luc. Certains, parmi les plus jeunes, applaudissaient cette découverte ; d'autres, plus âgés, n'y voyaient là que du charlatanisme qu'il fallait bannir de nos saintes institutions. Cette guérison, si largement publicisée n'était, en somme, que l'effet du hasard et que rien ne prouvait de façon scientifique qu'elle avait été obtenue grâce à la rigueur de cette méthode.

On me reprochait également de sélectionner les malades en fonction de leur capacité à répondre aux exigences du traitement. On m'accusait même d'engorger les salles d'attente en raison de la lenteur de cette thérapie quelque peu chimérique.

Malgré les sollicitations que je recevais de toute part en marge de mes nouvelles découvertes, je mettais tous mes talents à pratiquer les chirurgies cervicales que l'on m'offrait, pour ne pas dire que l'on m'imposait.

Malgré toute l'attention que j'y apportais, j'avais la ferme conviction que la plupart de ces interventions auraient pu être évitées étant convaincu qu'elles étaient, en somme, une panacée universelle de tous les maux.

C'est donc dans cette controverse que je m'envolais pour Bruxelles en ce beau dimanche de juin 1969. On m'avait invité à participer à un colloque des neurologues du monde entier et à prendre la parole pour exposer mes nouvelles découvertes en matière de phytothérapie.

J'apportais dans mes bagages une courte expérience médicale, mais la conviction profonde que je pouvais partager, à profit, mes recherches et participer aux progrès de la science médicale.

En me rappelant les vers de Corneille : « Aux âmes bien nées, la valeur n'attend pas le nombre des années... », j'avais la conviction profonde d'offrir au monde un nouveau phare capable de focaliser les énergies et d'orienter les recherches dans la bonne direction.

Je ne pouvais m'imaginer que ce voyage allait soudain briser mes rêves et mettre en question ce pour quoi j'étais là.

Je venais de terminer mon exposé salué par une salve d'applaudissements lorsqu'une dame s'approche de moi en me tendant nerveusement un billet. J'ouvre discrètement :

— Appeler d'urgence à domicile.

Je salue poliment la foule et me retire précipitamment en arrière-scène où l'on me tend un appareil téléphonique. Je compose fébrilement mon numéro. Après une minute d'attente, qui m'a paru une éternité, une opératrice m'informe que la ligne est occupée. Je rappelle deux fois, toujours le même message. La troisième fois, une sonnerie. On décroche. Je reconnais la voix de Nathalie. Elle a peine à parler. Après plusieurs essais entrecoupés de sanglots, elle parvint à articuler : « Anne est morte, noyée dans la piscine... »

Le choc fut indescriptible. Je venais de m'auréoler de gloire au moment où ma petite fille adorée me quittait tragiquement me laissant les mains vides et la tête remplie de rêves avortés.

La vie n'avait plus de sens. Pourquoi tenter d'émerveiller le monde quand on perd le bien le plus précieux que l'on possède ? Anne m'avait donné la vie, elle m'avait donné le goût de créer, d'innover, de grandir. Elle m'avait permis d'ouvrir le monde pour elle, de bâtir des châteaux, de créer de nouvelles étoiles pour éclairer ses nuits, d'ériger les plus hautes murailles possible pour la protéger d'éventuels dangers. Elle m'avait permis de plonger dans l'inconnu, de vaincre mes peurs, de braver les écueils des sentiers non balisés.

En revenant dans l'avion qui m'avait ravi de la terre, j'avais l'impression que je m'étais rapproché d'elle. De mon hublot, je fixais le ciel et je me disais qu'elle était là, qu'elle me cherchait, qu'elle réclamait mon aide. Elle ne pouvait me laisser comme ça sans un mot, sans un au revoir. Ses dernières paroles résonnaient encore en moi : « Je t'aime, Papa ! »

Pourquoi suis-je parti ? Pourquoi l'avoir laissée sans surveillance ? Je m'élançais à la recherche de la gloire, à la conquête du monde qui soudain s'évanouit, s'envole en poussière loin de l'amour que l'on donne et que l'on reçoit.

De retour à la maison, j'ai tout remis en question. Je ne pouvais m'imaginer ma vie future sans Anne. Parfois, l'absence nous fait voir des choses que l'on ignorait avant. Elle était encore là. Partout. Son visage se peignait dans tout ce qu'elle avait touché, aimé, ses petites choses à elle.

Je suis entré furtivement dans sa chambre, son sanctuaire. Rien n'avait bougé, mais pourtant tout vivait de sa présence. D'une main nerveuse, j'effleurai son sourire qui illuminait l'une de ces nombreuses photos laissées là sur son petit bureau blanc.

J'aurais tant voulu fermer la porte, me terrer dans l'amas des souvenirs qui jonchaient les moindres replis de son petit havre de paix, m'écraser là, quelque part, crier, pleurer, vider les moindres parcelles de douleur qui s'infiltraient profondément et sans pitié dans mon être, rester là jusqu'à ce qu'elle revienne ou jusqu'à ce que je n'aie plus de larmes, de force, d'espoir, de fiel qui m'empoisonnait subitement mon existence.

C'était le vide. Le vide le plus total. Un vide où s'égarait mon esprit, qui n'offrait aucun appui, aucune bouée. Je cherchais en vain un rayon de lumière, une étoile si petite fusse-t-elle à laquelle j'aurais pu m'accrocher.

Je retrouvais une Nathalie ravagée, détruite, au bord du néant. Non seulement était-elle affectée par la disparition d'Anne, mais elle se sentait coupable et responsable de sa mort : « Pourquoi l'avoir laissée à ma voisine qui avait eu un moment de distraction » ?

Sa culpabilité menaçait même les assises de notre couple. Nathalie partageait ma douleur, mais se sentait incapable de me tendre la main et de cimenter sa peine à la mienne. C'était une Nathalie noyée dans ses larmes qui avait perdu toute capacité de submerger, d'ouvrir les yeux, de s'accrocher et de continuer à marcher.

On se laissait emporter à la dérive par le moindre vent, si faible soit-il, sans réagir, sans résister, insouciant du port qui nous était destiné.

À quoi servait de lutter ? Lutter pour qui ? Pour quoi ? Puisque la vie n'avait plus aucun sens. Anne était notre planche de salut. On s'y accrochait dans les moments difficiles pour nous aider à ne pas perdre le sourire.

On baignait maintenant dans l'inconnu, un inconnu qui éveillait la peur dans nos esprits. La peur de ne pouvoir s'en sortir. La peur de s'enliser un peu plus chaque jour dans notre amertume, de s'embourber dans les contradictions de nos sentiments, de ne pouvoir distinguer les balises de notre route.

Nous étions en quelque sorte deux oiseaux blessés, les ailes brisées, incapables de prendre un envol si timide soit-il, écrasés là au milieu d'une jungle hostile sans issu, sans pouvoir prendre appui l'un sur l'autre. La douleur, qui normalement unit, semblait se complaire à briser les cordages d'une union pourtant solidement noués.

Nathalie souffrait encore plus que moi. Elle devait assumer une double responsabilité : celle de la mort d'Anne et celle d'un futur enfant. Elle était, en effet, à nouveau enceinte. Au troisième mois de sa grossesse, Nathalie avait perdu tout désir ou tout bonheur qui normalement habite les futures mamans.

J'ai tenté à plusieurs reprises de la convaincre que cette naissance était peut-être notre espoir, le vent favorable qui pourrait dissiper le sombre nuage qui survolait nos existences. Elle ne voulait plus cet enfant.

« Pourquoi, pensait-elle, mettre au monde un être déjà entaché de sang, un être dont la destinée reposait essentiellement sur les hasards de la vie constamment menacée par la voracité des oiseaux de proie ? »

C'est au plus fort de la tempête qu'elle a décidé de subir un avortement.

Elle est partie, comme ça, un beau matin, à la clinique Saint-Pascal pour un avortement sans m'informer de sa démarche.

Quelques heures plus tard, c'était une Nathalie brisée, méconnaissable qui revenait à la maison en ce vendredi 13 juin 1969. Avait-elle consciemment choisi cette date de malheur ? Elle venait de perdre un combat, un grand combat qui aurait pu nous donner la victoire sur l'abandon !

« C'était un garçon » me lança-t-elle d'une voix atone. Puis, elle se retira dans sa chambre.

Avoir un fils ! Un autre rêve qui venait de s'envoler et qui minait toute chance de laisser mon nom à la postérité et d'émerger du marasme dans lequel j'étais plongé. Je voulais cet enfant, celui qui aurait peut-être pu remplacer celle qu'on venait de perdre et ensoleiller à nouveau nos nuits de son sourire.

Je n'avais plus aucun choix : tourner cette page raturée et chercher en moi-même ou autour en moi une raison de poursuivre ma route.

Je ne pouvais toutefois chasser de mon esprit l'obsession que créait en moi ce vendredi 13 qui semblait me poursuivre sans relâche et détruire malicieusement mes rêves, ceux qui me donnaient le goût de vivre. Je craignais de fermer les yeux de peur de me réveiller face à une nouvelle épreuve.

J'avais dès lors deux défis de taille à relever, deux défis inéluctablement inséparables : redonner vie à Nathalie et marcher en sentinelle à ses côtés. J'avais réussi à oublier quelque peu mes douleurs et à porter mon attention sur celle qui devait marcher avec moi dans la lumière, mais aussi dans les mirages du désert.

— Nathalie, pourquoi ne pas retourner au travail, te distraire, divertir ton esprit, oublier les amertumes du passé, faire comme si et permettre aux autres de goûter tes richesses intérieures ? Tu as tellement de choses à partager…

— J'ai donné tout ce que j'avais de plus précieux en moi, répondit-elle. J'ai fait taire ma tristesse, mes angoisses, mes douleurs, mes épuisements. J'ai accepté d'atténuer mes joies pour accompagner les verdicts de non-retour de certains de mes patients. J'ai pansé des blessures profondes aussi bien du corps que de l'esprit. J'ai frôlé, au risque de ma vie, la contagion de malades que l'on m'avait confiés. J'ai vécu le désespoir de ceux qui avaient perdu toute chance de guérir…

et après tout cela, voilà où j'en suis aujourd'hui : une femme brisée par la jalousie d'un destin qui semble s'acharner contre moi, contre nous. N'est-il pas temps de penser à soi, de laisser notre petite barque voguer aux caprices des vents, de faire confiance en l'avenir malgré tout… qui sait ?

Il m'était impossible de donner une réplique intelligente à ces arguments qui s'achevèrent dans les larmes. Elle avait parfaitement raison en tout sauf sur les moyens proposés pour s'en sortir.

N'est-il pas parfois plus simple de reconstruire un barrage que d'en colmater une brèche ?

On avait deux vies à refaire. Deux vies à réinventer. Deux vies à rebâtir sur de nouvelles assises. Deux vies à axer sur des valeurs indestructibles capables de déjouer les pièges de l'infortune. Était-il trop tard ?

Nathalie avait perdu tout sourire, tout enthousiasme, tout espoir de s'en sortir. En général, de nature débordante et enjouée, elle se refermait maintenant sur elle-même incapable de réinventer son existence et de recibler son idéal. Rien ne semblait pouvoir aiguillonner son apathie. Chaque jour ajoutait une teinte de plus en plus sombre à sa tristesse.

Un soir, en revenant à la maison, j'ai trouvé Nathalie complètement ivre. Plusieurs bouteilles vides d'alcool étaient laissées là sur la table. Elle avait une volubilité que je n'avais jamais connue auparavant, mais exprimée dans un langage tout à fait incohérent.

Je crois que je n'ai jamais eu aussi mal de ma vie. Je la pris dans mes bras et pleurai à chaudes larmes. Je venais de perdre la Nathalie que j'avais connue, celle que j'admirais, que je respectais, que j'aimais plus que tout. Comment endiguer le petit cours d'eau devenu soudain torrent sans en connaître le secret de sa force ?

Ce premier geste malheureux de Nathalie marqua le début d'une longue chevauchée où se succédèrent chute après chute une sorte de délire incontrôlable.

À plusieurs reprises, j'ai tenté de lui tendre la main, d'entourer mes gestes de la magie de mon affection et de mon amour, de passer des heures à ses côtés à la regarder vider un verre après l'autre et perdre progressivement ses esprits. J'ai dû, à plusieurs reprises, aiguiser ma patience pour ne pas éclater, pour accepter cette terrible déchéance humaine et éviter de commettre l'irréparable.

La souffrance que j'éprouvais alors est indescriptible. La flamme qui m'avait séduit et ensoleillé la grisaille de mes jours plus sombres et qui m'avait donné la force de franchir jusqu'à maintenant des obstacles insurmontables s'éteignait graduellement me plongeant à nouveau dans la nuit de mes cauchemars.

J'étais un peu ce spectateur qui assiste impuissant à l'agonie de son être le plus cher, masquant le mieux possible sa douleur et son désespoir. Malgré certains moments d'hilarité qui éveillaient soudain son insouciance, je savais que j'avais perdu Nathalie à tout jamais. Parfois, elle me fixait dans les yeux et me disait péniblement :

— Pourquoi me regardes-tu comme ça ? Si tristement. Regarde, je suis heureuse… Je n'ai jamais été aussi heureuse de ma vie… Aucun problème… Tout va bien… La vie est belle…

Puis, elle sombrait à nouveau dans une grande mélancolie.

C'est là que j'aurais voulu fouetter le médecin qui sommeillait en moi et m'entendre dire : « fais quelque chose. Ne reste pas comme ça sans réagir. Mets en pratique toutes les belles théories curatives que tu as apprises. Il est l'heure de te surpasser, de prouver ta force persuasive, d'appliquer les approches qui se sont avérées si efficaces avec telle ou telle patiente. Tu as devant toi une source de vie qui t'a abreuvé de son élixir pendant de si longues années, mais qui menace maintenant de tarir te laissant cette soif d'amour que tu ne pourras plus dorénavant assouvir. »

Je restais donc là, passif, incapable de poser le moindre geste à la manière du petit enfant fasciné par la bulle de savon qu'il vient de créer, mais qu'il n'ose toucher par crainte de la briser ou de la voir s'envoler à tout jamais. La médecine n'a d'autre choix que de s'agenouiller devant un patient qui refuse de guérir.

Nathalie était l'incarnation d'un beau rêve qui avait bercé mes illusions, mais dont la fragilité m'empêchait maintenant de poser tout geste susceptible d'en effacer la magie et d'en ternir la beauté.

Fallait-il donc fermer les yeux et attendre que s'atténue l'éclat de la lumière et sombrer dans une nuit où l'espoir n'est plus possible ? De toute évidence, la vie me demandait de me résigner et d'assister passivement à une agonie qui échappait à toute solution.

Si Nathalie n'avait pu franchir le gouffre qui avait soudain creusé sa route, de mon côté, j'avais dû à plusieurs reprises fermer les yeux et plonger dans l'inconnu. J'avais, en effet, subi de nombreux déboires, mais aussi la gloire, une gloire qui m'avait profondément blessé, mais qui avait ajouté une nouvelle voile à ma barque.

Un fruit trop facilement cueilli n'a souvent pas la saveur de celui que l'on récolte dans les ronces et les larmes.

Incapable d'ajuster adéquatement le cordage de notre nacelle, je me suis résigné à retourner au travail après une pénible absence de deux mois.

C'est donc avec une certaine appréhension et nervosité que je me suis rendu à l'hôpital Saint-Luc un beau lundi matin. Mon bureau débordait de cartes de félicitations en marge de ma nouvelle découverte et de nombreuses invitations à des colloques et conférences. Des cartes laissées là sans réponse qui n'avaient plus le même sens et qui n'éveillaient plus chez moi les mêmes émotions. Des cartes qui m'invitaient à émerveiller à nouveau le monde. Mais, où était l'enthousiasme d'antan ?

Je ne ressentais aucun goût à les ouvrir ni à en partager le contenu avec Nathalie qui, d'ailleurs, avait fermé la porte à tout intérêt et émerveillement. Avec qui donc maintenant partager mes sentiments, mes enthousiasmes, mes ambitions, mes craintes, mes déboires ?

C'est au beau milieu de ces réflexions que soudain le téléphone sonne :

— Dr Toussain, on sollicite votre aide pour mener une chirurgie d'une tumeur au cerveau qui doit commencer dans trente minutes…

Un tremblement soudain agite tout mon être. J'ai peur. Je crains de ne pouvoir mener à bien cette intervention. J'ai soudain tout oublié. Où sont mes livres ? Je n'ai pas le temps de consulter ! Je n'ai pas le choix. On m'attend ! Mon esprit part en cavale : cortex moteur, cortex prémoteur, cortex visuel, aire prémonitrice, aire préfontale, sillon central, aire visuelle, aire auditive, aire gustative, aire de Broca, hypophyse, thalamus, lobe pariétal, lobe frontal…

Je mets mon sarrau blanc et me rends à la salle d'opération. Le personnel sur place m'accueille avec le plus grand respect. Le patient est là, déjà sous l'effet de l'anesthésie. On me remet le dossier. J'ai trois minutes pour en prendre connaissance. Le cas m'apparaît des plus délicats :

un AVC hémorragique intracérébrale. Je m'approche du patient, saisis le bistouri qu'on me tend. Ma main tremble. Je ferme les yeux.

Lorsque je reprends connaissance, je suis couché sur une civière dans une salle privée.

— Qu'est-il arrivé ? demandai-je à l'infirmière avec une pointe d'angoisse dans la voix.

— Un simple étourdissement. La fatigue, peut-être ? Tout va très bien maintenant. Le docteur Nadeau vous a remplacé… Il faut aller chez vous et vous reposer…

Je me lève un peu étourdi, saisis mon manteau et rentre précipitamment à la maison.

Je raconte le tout à Nathalie qui non seulement ne montre aucune surprise, mais estime que je suis retourné trop tôt au travail. Au cours de ce bref entretien, elle mentionne le mot « recyclage » ce qui eut chez moi un effet choc.

Je me retire dans mon bureau sans émettre aucun commentaire.

Dans la solitude et le calme, j'essaie de refaire la trame de l'événement. Je vois très bien que je fus en proie à crise de panique et d'anxiété qui a provoqué chez moi des étourdissements et une perte de conscience. Le phénomène qui m'était tout à fait connu m'inquiétait non pas en raison de son apparition, mais des causes qui le provoquaient.

Après brève réflexion, j'ai dû me résigner à reconnaître que j'avais perdu l'assurance d'antan, cette assurance essentielle dans de telles interventions.

Nathalie avait donc raison. Le monde médical est un monde en perpétuelle évolution qui exige du médecin, à plus forte raison du spécialiste, une ouverture constante aux nouvelles découvertes et une curiosité de tous les instants. Le jour où un médecin s'imagine connaître tous les rudiments de son art, il est alors plus prudent pour lui et ses patients de se retirer discrètement de sa profession et de s'adonner à la culture de son jardin.

J'étais donc rendu à cette croisée de chemin : me recycler ou tout abandonner.

Le recyclage pouvait parfaitement bien s'effectuer par une étude approfondie des nouvelles découvertes sur le plan des outils et des interventions. Encore fallait-il regagner confiance en mes forces et convaincre l'hôpital de mes compétences. On ne s'improvise pas dans ce domaine : aucune place pour les essais ni pour les erreurs. Ma réputation était toutefois solidement établie au sein des hôpitaux de la région. On ne doutait nullement de mes compétences,

Le problème, c'était moi. Je me sentais terriblement seul dans cette aventure sans égard aux choix qui s'offraient à moi : m'arrêter là ou poursuivre cette route.

L'homme tire sa force dans sa capacité de choisir, mais aussi dans celle de prendre les bonnes décisions. Il est également souvent confronté à la crainte de faire un choix et de se tromper de chemin.

J'en étais là lorsque soudain une pensée vint frapper mon esprit et me rappeler une phrase que Maman se plaisait à répéter dans les moments les plus sombres de sa vie : « il ne faut jamais lâcher, la lumière viendra, elle viendra en temps et lieu… »

Le jour suivant, je partais à la recherche d'un refuge qui pouvait abriter mes recherches dans la sérénité et le recueillement. Il ne m'était plus possible de réinventer ma vie dans l'atmosphère de détresse et de désarroi qu'avait engendré l'état de Nathalie.

Sans trahir mon amour, je me sentais maintenant incapable de saisir sa main et de l'entraîner dans un pays de rêves, de sourires et de paix. J'ai donc décidé de marcher seul en dépit des moments de solitude qui viendront inéluctablement ombrager ma course.

J'ai donc trouvé une vieille maison de campagne encore vivante de souvenirs qui cherchait depuis plusieurs mois un compagnon pour partager sa solitude et l'aider à échapper à son triste sort dont elle était fatalement destinée.

Elle m'a accueilli avec une grande sobriété tout en me promettant la chaleur et le calme dont j'avais besoin. Elle avait peine à camoufler les traces de vieillissement qui fissuraient ses murs de pierre et menaçaient l'étanchéité de son toit. Elle comptait sur son vieux poêle à bois pour redonner vie à tout ce qu'elle abritait et vaincre la tristesse de nos hivers trop froids.

Elle attendait impatiemment le matin pour dévoiler son soleil toujours radieux qui engouffrait ses bras de lumière dans toutes les pièces grâce à son importante fenestration de l'est. Loin de toute habitation, elle promettait la paix aux âmes en détresse qui recherchaient le baume dont elles avaient besoin pour épancher leurs blessures.

C'est donc dans ce havre de paix que j'établis domicile pour repenser mes valeurs et déchiffrer les messages contradictoires que me lançaient ma raison et mes rêves.

J'espérais résoudre l'énigme qui talonnait mon esprit et me poussait à prendre les décisions parfois les plus farfelues. J'étais là également pour fortifier ma confiance, la confiance en mes forces, en mes capacités de changer le monde, de soulever des montagnes, de vaincre le mal, d'éliminer la douleur, d'utiliser les pouvoirs du corps pour guérir le corps, de prolonger l'espérance de vie au-delà des limites raisonnables.

Je ne quittais pas Nathalie pour autant.

Je revenais chez elle (ce « chez-elle » qui s'est imposé involontairement à moi marquait une sorte d'abandon à « notre » résidence dont je ne voulais pas) tous les soirs pour tenter de redresser le timon de sa barque à la dérive et à la merci de la force invincible et imprévisible des vagues.

La plupart du temps, aucunement surprise ni inquiète de mon absence, elle se replongeait rapidement dans son petit monde, oubliant ma présence, souvent déçue d'avoir été dérangée. L'alcool avait maintenant fait place à la drogue dont j'ignorais totalement la provenance.

Ces visites quotidiennes me peinaient plus qu'elles me réjouissaient. C'était un moment de douleur intense qui s'accentuait de jour en jour en raison surtout de mon impuissance à y apporter un remède efficace.

La mort subite d'un être cher surprend et attriste, mais une longue agonie épuise les forces morales au point où parfois on en souhaite la fin.

Après ces visites des plus déprimantes, je revenais dans mon petit hâve de paix non pas pour en jouir, mais pour tenter d'effacer de ma mémoire les images de désolation qu'avait imprimées en moi le spectacle de Nathalie.

Je me rendais compte que parfois la distance ne fait qu'accentuer l'acuité d'une douleur et accroître le degré d'impuissance. Comment peut-on fermer les yeux et chasser subitement de sa mémoire tout ce qui a fait grandir un amour que l'on voulait éternel ?

Je me rendais coupable de me distraire, de tenter d'oublier, de rechercher une paix égoïste alors que celle que j'aimais noyait sa solitude et son désespoir dans des succédanés de bonheur.

Je savais qu'elle n'était pas heureuse, qu'elle enfouissait dans la drogue tout souvenir douloureux qui osait émerger et qui faisait mal, qu'elle n'avait plus aucun contrôle sur sa vie, qu'elle était fragile, que le moindre vent pouvait renverser irréversiblement sa barque.

Cette nuit fut horrible.

Des cauchemars m'assaillaient de toute part. On m'appelle de l'hôpital pour opérer une patiente. J'arrive dans la salle d'opération. Nathalie est là, sous anesthésie, en proie à un AVC. Je m'approche de la table d'opération. Je saisis le bistouri. J'ouvre son crâne. Un serpent surgit aussitôt m'encerclant la gorge. Je lui tranche la tête à l'aide de mon bistouri m'ouvrant du même coup une artère. Le sang jaillit de toute part. Je m'éveille en sueur.

Le lendemain soir, je me rends comme d'habitude chez Nathalie. Je remarque que sa voiture n'est pas dans l'entrée. Je sonne. Aucune réponse. J'ouvre. Désordre le plus complet. J'appelle son nom. Silence. La TV est allumée, aucune image. Tout à coup, le téléphone sonne. Je réponds. Une voix d'homme :

— Monsieur Toussain. Votre épouse a eu un accident. Rendez-vous sans plus tarder au coin de la 453 et de la 22.

J'arrive sur les lieux désignés. La voiture de Nathalie est renversée en bordure de la route. On me laisse passer. Les pinces de désincarcération arrachent le toit. Nathalie, inconsciente, saigne abondamment. On l'extirpe délicatement de la voiture. Fracture du crâne. Je me penche sur elle :

— Nathalie, c'est moi… Réveille-toi, ne me laisse pas comme ça… Je t'aime…

Elle ouvre les yeux. Balbutiement :

— Je t'aime aussi… Je m'excuse…

Puis, elle referme les yeux, ses beaux yeux bleus, à tout jamais…

C'était le vendredi 13 mars 1970.

Je reviens seul à la maison, déchiré, écrasé, perdu. Ma voiture avait tenté à plusieurs reprises de dévier de sa course et de suivre le tracé de celle de Nathalie. Une raison, qui n'était pas la mienne, me ramenait constamment sur la route.

Je pénétrai chez Nathalie. Un silence de mort y régnait. Je m'affaissai sur un fauteuil et pleurai abondamment.

Tous ces objets qui m'observaient semblaient m'accuser et me reprocher ma présence. Je n'osais toucher à aucun d'eux comme si c'eut été une violation de leur intimité. Je pénétrai dans notre (sa) chambre : le lit était défait, des vêtements jonchaient le sol en désordre. La photo de notre mariage était toujours debout sur la coiffeuse : elle souriait, elle était belle, heureuse… « Que s'est-il passé ? Pourquoi ? Pourquoi Nathalie ? »

Une feuille légèrement griffonnée traînait là sur le lit :

À ceux qui peuvent comprendre.

Je m'en vais.

J'espère que le hasard sera bon pour moi.

Je n'en peux plus. Je suis seule. Je n'ai plus rien qui me retient ici. On m'a ravi celle que j'aimais le plus au monde. J'ai tué l'autre pour ne pas qu'il souffre comme moi. Pourquoi la vie est-elle si cruelle ? Pourquoi m'a-t-elle détestée à ce point ? Pourquoi m'avoir laissée seule au bord du gouffre ? J'ai tendu la main… Personne n'est venu me secourir. J'ai cherché des subterfuges à mon mal : l'alcool, la drogue. Rien n'a pu me redonner la vie, l'espoir.

Il ne me reste qu'une solution. J'espère que celle-là sera la dernière et la bonne.

Je te quitte, mon cher Patrice. Je t'ai aimé plus que tout. J'ai trahi ta confiance et je le regrette amèrement.

Nathalie

Le 13 mars 1970

Je tenais entre mes mains salies de honte le petit testament de Nathalie, de « ma » Nathalie, de celle que j'ai tellement aimée, mais que j'ai lâchée à la fin. Je mettais en priorité mes petits conforts. Je voulais me sentir malheureux pour justifier mon départ, pour écouter les caprices de ma solitude. Je partais à la conquête d'un confort éphémère alors que Nathalie, tapie au fond d'un gouffre intenable, cherchait en vain un rayon de lumière pour éclairer sa route.

Il faut beaucoup souffrir pour mourir.

Je me sentais terriblement coupable. Coupable de son malheur, de son affreuse souffrance, de son isolement, de sa déchéance, de sa mort. C'est un poids que je devrais traîner le reste de ma vie. En aurai-je la force ? Ou aurai-je le courage d'étouffer ma souffrance dans un geste fatal ?

Si la mort est une délivrance, elle impose aussi ses lois, celle d'un long et douloureux déchirement d'une âme qui s'accroche désespérément à un corps.

Nathalie était encore là. Elle vivait dans tout ce qu'elle avait touché, aimé. Elle vivait dans tous ces objets qui furent témoins de sa tristesse, de son désarroi, de son désespoir final et qui maintenant étaient enrobés d'un linceul mortuaire. Son parfum embaumait encore le silence trop lugubre de cette scène funeste.

Je me sentais étranger dans cette maison qui pourtant était mienne, mais qui prenait plaisir à me cacher ses derniers moments, ses derniers pas, ses derniers gestes, ses dernières pensées, ses derniers cris qui témoignaient de la souffrance d'une âme en détresse, d'une âme qui tendait une main à la mort, à la délivrance.

Je me sentais ridicule dans mon costume de médecin prétendant guérir les corps en faisant fi des revendications de l'esprit et du mal intérieur qui écrasent souvent toute volonté de s'en sortir.

J'avais failli à ma première tâche, une tâche essentiellement humaine, celle de soulager les êtres chers que la vie m'avait confiés, de panser les blessures morales qui les affligeaient, de tenir bien ferme le timon de leur petite barque pour éviter qu'elle ne se brise sur les écueils de leur route, d'inventer le remède essentiel à tout homme, celui qui permet de tenir bien haut la flamme de l'espoir.

Ce médecin terrassé devait maintenant s'inventer, se relever, se guérir, ouvrir son cerveau et y extraire tout le mal qui s'y cache. Il devait apprendre à marcher seul parfois dans les plus sombres dédales d'une vie sans but, se créer une étoile qui pourrait lui donner une raison de poursuivre sa route là où les rêves colorent d'espoir la morosité de l'existence.

C'est dans cet esprit que je m'empressai de fermer la porte de notre maison, je devrais dire de « sa » maison puisqu'elle vivait encore de sa présence, de ses pensées, de ses douleurs, de ses tristesses. Une maison qui ne me reconnaissait plus malgré les traces que j'y avais laissées, malgré les instants de bonheur qui avaient ensoleillé les plus petits objets qui l'habitaient, malgré les souvenirs indélébiles tissés dans chacune des voiles qui en assurait la beauté.

Je tournais une autre page de ma vie, une grande cette fois-ci, une fresque devrais-je dire, dépeignant les étapes cruciales de mes trente dernières années : ma montée dans l'arène médicale, les expériences heureuses et malheureuses que j'avais menées, la rencontre déterminante de Nathalie, son départ précipité et tragique, le décès inattendu d'Anne et maintenant un retour à cette abominable solitude qui prenait plaisir à me harceler sans relâche.

Enfermé dans ma maison de campagne qui s'efforçait de me séduire par le calme et la paix qu'elle dégageait, par sa longue expérience de vie, ses déboires, ses craintes face aux menaces de démolition, je fermai les yeux et sombrai dans un profond sommeil.

Nathalie était là toute souriante en compagnie d'Anne prête à monter à bord d'une vieille barque en très mauvais état. Elle m'invita à prendre les rames. Un vent terrible soulevait les vagues d'une mer déchaînée qui se brisaient sur les flancs d'un quai de fortune et nous éclaboussaient tout en nous couronnant, du même coup, d'une écume visqueuse. Je saisis fermement les rames qui glissaient de mes mains et battis vigoureusement les vagues pour me détacher de la rive.

Une lame de plus en plus violente nous ramenait constamment à notre point de départ. Insensibles au danger qui nous menaçait, Nathalie et Anne se tenaient debout ou plutôt dansaient pieds nus à l'avant du rafiot, riaient aux éclats sans se soucier des efforts considérables que je déployais. Tout à coup, une énorme vague souleva notre barque comme une feuille d'automne et la projeta violemment sur un énorme rocher qui soudain s'était dressé là devant nous. Je m'éveillai en sueur.

Le retour à la réalité fut donc des plus pénibles. J'avais tant de plaies à panser, de souvenirs à chasser ou à classer, tant de brèches à colmater qui menaçaient de drainer mes dernières forces, celles qui me permettaient d'avancer malgré tout. Je devais également vider ma tristesse dont la présence empoisonnait les moindres gestes que je posais.

Un véritable combat s'engageait avec moi-même.

D'un côté, je voulais cette tristesse, je voulais continuer à alimenter ces souvenirs douloureux qui peuplaient ma mémoire, je voulais garder vivante l'image de Nathalie même celle qui me faisait mal, mais je voulais en même temps aérer mon esprit, m'inventer de nouveaux rêves, les rêves les plus fous, me lancer à la poursuite des étoiles même celles que je savais inaccessibles, échapper à la lourdeur de l'existence, à celle qui se plaît à écraser, à blesser, à meurtrir, fuir la nuit génératrice de cauchemars qui masque parfois la réalité et la beauté des choses.

C'est au cœur même de cette lutte intérieure que je recevais un coup de téléphone du directeur de l'hôpital qui voulait me voir. Heureux de cette percée du monde réel, je me rendis promptement à son bureau.

Après des condoléances que je savais sincères, il m'offrit de poursuivre ma carrière dans un domaine où, selon lui, j'excellerais : la formation.

Je serais, en somme, responsable du groupe de stagiaires au cours de leur séjour à l'hôpital : soit élaborer avec chacun d'eux un plan de formation, les aider à atteindre leurs objectifs et procéder à une évaluation rigoureuse de leur apprentissage. Je devrais également mener des essais pratiques en pratiquant des chirurgies en leur présence. Il ajoute à la fin :

— Vous savez, les jeunes stagiaires sont très exigeants. Ils vont vous suivre tant que vous répondrez à leurs attentes. Si, un jour, il vous arrive, par malheur, de faire un faux pas, vous les perdrez à tout jamais. La confiance est l'élément essentiel des relations efficaces…

Je me serais facilement passé de cette dernière remarque. Je connaissais les jeunes. J'étais certainement plus proche d'eux sur le plan de l'âge que mon directeur qui frisait la soixantaine. Cette allusion ne faisait, en somme, qu'alimenter mon stress et rendre ma tâche encore plus difficile.

De retour à la maison, je me lançai immédiatement dans l'étude de mes nouvelles responsabilités mettant au point l'approche la plus efficace que j'entendais prendre. J'ai d'abord parcouru le dossier des huit stagiaires que le directeur m'avait remis pour mieux saisir la personnalité de chacun d'eux. Puis, ce fut l'élaboration des grandes lignes de la méthode que j'entendais utiliser.

Cette méthode reposait essentiellement et avant tout sur une prise de conscience de la toute première responsabilité qui leur sera confiée : traiter ses patients comme des êtres humains qui souffrent, qui ont peur et qui souvent sont confrontés à une mort qu'ils ne peuvent soupçonner. Ce ne sont pas des numéros que l'on traite sur une liste de priorité à qui l'on attribue une attention en fonction de la classe sociale à laquelle il ou elle appartient Le mendiant mérite autant d'égard que le bien nanti.

Chacun d'eux porte au fond de son être le germe de sa propre guérison. Il faut y porter foi, autrement on n'est pas fait pour leur apporter les soins appropriés.

Le secret de toute bonne médecine : guérir l'esprit avant le corps ou du moins simultanément. Il est absolument impossible de guérir le corps si l'esprit est malade. La meilleure médecine ne saurait soulager un tant soit peu un être qui nage dans le désespoir.

Le grand principe de Juvenal : *Mens sana in corpore sano* doit, selon mes croyances, revêtir un double sens : « Un esprit sain dans un corps sain » mais également « Un corps sain dans un esprit sain ». Il est impossible de dissocier l'interaction ontologique entre le corps et l'esprit.

Il faut, en fait, réaliser l'unification de l'être humain dans ses aspects physique, psychique et spirituel. Ne pas hésiter à pratiquer la thérapie du sourire qui s'avère, en général, une méthode de guérison très efficace. Largement pratiquée en Thaïlande, cette philosophie de vie lui valut l'appellation : « pays du sourire ».

En effet, les Thaïlandais constituent un peuple spirituel qui prend la vie avec beaucoup de recul, se plaint peu et sait se contenter de peu. Nous aurions avantage à les imiter, à laisser de côté nos petites angoisses, à éviter de faire une montagne de soucis qui n'en valent le plus souvent pas la peine.

Lorsque le directeur me confia cette tâche, il était certainement loin de soupçonner la philosophie quelque peu avant-gardiste que j'entendais inculquer à mes élèves et qui était loin de faire l'unanimité au sein du personnel médical.

Sans rejeter totalement la médecine traditionnelle avec les pilules et les onguents, et tomber dans le charlatanisme, je voulais redorer le blason de l'hôpital Saint-Luc et lui permettre de se hisser en tête de liste de ceux qui croient en de nouvelles méthodes de guérison.

Saurais-je maintenant convaincre mes stagiaires des avantages de cette approche, eux qui ont été formés à la vieille école ?

Mes premières expériences furent très positives. À la fois étonnés et enthousiasmes, les stagiaires semblaient appuyer totalement les avantages de cette approche qui apportait une certaine fraîcheur dans leurs relations avec les patient(e) s. Plusieurs m'ont présenté des témoignages démontrant son efficacité auprès de certains malades. Ils semblaient reprendre goût à la vie plus rapidement tout en abrégeant leur séjour à l'hôpital.

Les stagiaires avaient pris l'habitude de bannir de leur langage tout élément négatif comme : « on ne vous donne pas grand espoir de guérison… Il faut se préparer au pire… Je ne peux vous cacher la vérité : votre cas est très grave… La médecine ne peut plus faire grand-chose pour vous… Je vous donne X temps de vie… »

Un langage plus positif était dès lors utilisé : « il faut garder espoir, ne jamais désespérer… Ayez confiance dans vos forces de guérison, tout est possible… Les miracles existent encore de nos jours… Vous pouvez si vous le voulez… La confiance fait de grandes choses… Vous verrez, demain tout y ira mieux… »

Je constatais bien au sein de mes collègues et du personnel hospitalier un mouvement tacite de désapprobation. Je me rendais compte également qu'on n'était pas prêt à ce genre de changement dont on avait peine à saisir les bénéfices. On n'hésitait pas à nous traiter ironiquement de « groupe de révolutionnaires » qui n'avaient d'autre but que de critiquer la médecine traditionnelle sans offrir de solutions de rechange valables.

Aurai-je fait fausse route à nouveau ?

Pourtant, ma méthode donnait des résultats tangibles. Je voyais cependant s'atténuer progressivement en moi la foi du néophyte. Je réalisais soudain la force de résistance au changement et qu'introduire une « réforme » exigeait une rééducation en profondeur des mentalités, des habitudes parfois ancrées depuis fort longtemps et du goût du risque.

Il fallait d'abord évaluer la capacité d'ouverture et la volonté latente d'évoluer et d'innover que peu de disciples d'Hippocrate sont prêts à expérimenter.

Les professionnels de la santé se considèrent un peu comme des dieux dont personne ne peut se passer et qui détiennent le pouvoir de vie ou de mort sur les êtres humains. Sont-ils disposés à accepter de nouvelles idées ?

J'ai réalisé toutefois que la valeur d'une idée repose essentiellement sur la capacité de son auteur à en faire la promotion.

Ai-je failli à cette tâche ? Fallait-il maintenant convaincre les gens de l'évidence d'une découverte ?

Sans renoncer à mes principes et à mes convictions profondes, j'ai dû ralentir ma course et freiner mon enthousiasme pour épouser le rythme de mes aînés et tenter de ne rien bousculer. Je constatais d'ailleurs le désistement de certains stagiaires qui s'éloignaient de moi, sous les incitations des « sages », pour intégrer à nouveau les rangs des traditionalistes.

Informés de mon approche originale, d'autres hôpitaux de la région avaient sollicité mon aide pour lancer chez eux l'expérience que j'avais menée ici sans trop de succès. Même si le terrain semblait fertile, j'ai cru sage de refuser de peur d'ajouter à mon mal.

Cette expérience ratée a porté un dur coup à ma carrière tout en minant la confiance en mes forces que j'essayais d'affermir en ouvrant toutes grandes les portes qui balisaient ma route.

C'est au cours de cette remise en question que je recevais un appel du bureau de police m'informant que ma maison était en feu.

Je n'y étais pas retourné depuis le départ de Nathalie craignant de violer cette masse de souvenirs à la fois si beaux et si tristes qui assuraient la pérennité de sa vie.

Arrivé sur les lieux où j'espérais tirer du désastre quelques bribes de ce qui restait de Nathalie, d'Anne, de nous, je constate, à mon grand désespoir, que les flammes en furie s'acharnaient déjà aux tuiles du toit et qu'elles avaient déjà visité les étages inférieurs.

Devant une foule de badauds attirés par la splendeur de ce spectacle, une sorte de feu de la Saint-Jean, dont chacun tentait de poser un diagnostic le plus précis possible sur l'issue du désastre, les pompiers s'amusaient tout simplement à calmer l'exubérance des flammes qui criaient déjà victoire par toutes les issues qu'elles avaient gagnées.

Impuissant, j'ai dû me résigner à assister passivement à l'agonie finale de ce qui était maintenant un lambeau de « notre » vie. Tout s'écrasa soudain en un sinistre amas de cendres, de fers tordus qui semblaient, dans un effort désespéré, mener une lutte sans merci aux esprits vengeurs. Se venger contre qui, contre quoi ?

Plus rien.

Il ne restait plus rien de ce qu'était ma maison, des bonheurs qu'elle avait enfantés et des rêves qu'elle avait soigneusement et secrètement enfouis dans un écrin de paille. Une page d'histoire s'envolait en flammes ne laissant aucune trace lisible de cette belle épopée.

Je m'éloignai sans hâte du plus grand désastre de mon existence sans aucune envie de me retourner pour m'accrocher, ne serait-ce qu'un instant, à un passé qui n'avait plus de sens, qui avait déjoué tous mes plans, qui m'avait, sans pitié, dépouillé de tout ce que j'avais de plus précieux au monde, qui m'avait trahi en quelque sorte sans me donner aucune chance de me reprendre, de réagir, d'inventer de nouvelles raisons de continuer ma route.

Totalement vidé de toute histoire, de toute émotion, de toute envie de relever la tête, je revins à ma vieille maison que j'aimais un peu moins et que j'accusais maintenant d'être en quelque sorte responsable de ce malheur, cette maison qui s'était subitement revêtue d'un voile funèbre comme pour partager ma peine.

C'était le vendredi 13 novembre 1970.

Radicalement écrasé dans l'unique fauteuil du salon, je cherchais curieusement à m'abreuver des images d'horreur que je venais de vivre comme pour alimenter mes souffrances et ajouter à l'intensité du mal qui s'était infiltré dans les moindres replis de mon être. Je me refusais d'oublier, d'effacer de ma mémoire les douleurs atroces que j'avais ressenties. Je voulais en faire le ferment de ma vie future qui, de toute façon, s'annonçait peu réjouissante.

Je me sentais victime de quelques mauvais esprits qui semblaient s'acharner à détruire tout ce que je bâtissais. Aurais-je pu écarter la présence de Nathalie qui cherchait peut-être à me faire partager la souffrance qu'elle a vécue les derniers instants de sa vie sur terre ?

J'étais maintenant totalement seul.

Une solitude qui blesse, qui s'infiltre dans les moindres replis du corps et de l'esprit, une solitude qui crie à l'aide comme le manchot perdu dans les glaces des mers du Nord, une solitude qui effraie, qui anéantit toute volonté de s'en sortir. Une solitude qui fige, qui enlise, qui prend plaisir à écraser sans égard à la douleur qui l'accompagne.

Le lendemain, j'étais assis à une vieille table de bois de la taverne du coin. Certains habitués de l'endroit sont venus saluer le nouveau client et l'initier aux coutumes de la place.

Premier objectif : boire. Boire tant qu'on peut pour oublier. Pour embrumer l'esprit. Pour briser toute contrainte. Pour créer un moment de paradis. Pour se détendre, rire, divaguer, dire des choses insensées sans crainte de représailles.

Je venais de trouver des amis, des véritables, des amis qui ne cherchaient en aucune façon à blâmer, à accuser, à reprocher. Des amis qui avaient un but commun : oublier. La vie semblait si facile ici. La liberté totale !

J'ai bu, j'ai bu beaucoup. J'ai noyé mon esprit dans un élixir de rêve au point où j'avais perdu toute conscience de la réalité. Le temps importait peu. Il s'écoulait mollement comme le petit cours d'eau qui a vaincu tous les obstacles et qui maintenant baigne dans le sourire de ses ondes.

À trois heures du matin, on fermait. J'ai donc dû me résigner à me lever et à ramper en quelque sorte jusque chez moi. Je riais pour tout et pour rien. Je fredonnais des airs anciens que je m'amusais à ressusciter : *Mes vieux souliers rouges*, *Les Trois Boules*, *Alouette*…

Aucun souci. Soudain, la vie était devenue belle !

Le lendemain, je fus éveillé par une avalanche d'appels téléphoniques. Je n'avais aucune envie d'y répondre.

— Lâchez-moi ! me répétai-je à l'intérieur de moi-même. Pourquoi perturber ma paix, celle que j'ai acquise si péniblement ?

Piqué toutefois par une certaine curiosité, je finis par décrocher :

— Docteur Toussain, c'est l'hôpital Saint-Luc, on vous cherche depuis plus de deux jours. Nous avons un urgent besoin de vos services. Nous avons dû retarder certaines chirurgies…

— Je regrette profondément, j'ai attrapé un virus grippal très agressif. Je dois rester alité pour quelques jours. Je vous rappellerai une fois rétabli.

Cet appel me ramenait malheureusement à la triste réalité de la vie. Comment pourrais-je échapper à mes responsabilités professionnelles dans lesquelles j'avais fait germer tous mes rêves ? Je ne pouvais me cacher, fuir éternellement, me renfermer dans un silence destructeur.

J'avais une décision cruciale à prendre. Une décision qui, d'un côté ou de l'autre, allait changer radicalement le cours de ma vie : poursuivre la voie que j'avais si minutieusement tracée ou changer de cap et fixer une étoile encore inconnue.

On avait besoin de moi quelque part. Étais-je dans un état pour répondre adéquatement à ces appels ou en avais-je tout simplement le goût ? Une série de questions sans réponse surgissaient soudainement dans mon esprit ajoutant au marasme dans lequel j'étais plongé.

Je m'interrogeais notamment sur le but de la vie : rendre les autres heureux ou assurer son propre bonheur ? Les deux sont-ils indissociables ? Qu'est-ce que le bonheur ? Le bonheur existe-t-il ? Le bonheur est-il synonyme de liberté ? Est-il gratuit ou doit-on y déployer une somme considérable d'énergie pour l'obtenir ?

Je laissais ma mémoire ressusciter mon passé qui renfermait peut-être la réponse à mes questions. Ce passé fait d'expériences plus ou moins heureuses, d'espoir, de souffrance, d'ambition, de rêve, refusait d'éclairer mon esprit et de dissiper le sombre nuage qui m'encerclait de toute part.

Nos pensées ne sont-elles pas l'écho du passé ? J'étais inéluctablement projeté dans le moment présent où la même question ne cessait de talonner mon esprit : qu'est-ce qu'on fait maintenant ?

Ce « on » venait du même coup briser ma solitude. Je n'étais donc pas seul. Je venais soudain de découvrir que toute décision de ma part a une incidence sur l'autre, peu importe son visage, la place qu'il occupe dans ma vie, ses besoins, ses liens plus ou moins étroits avec le cours de ma destinée.

Ma liberté qui, jusqu'à maintenant, avait tous les droits cachait donc des contraintes que j'ignorais et qui créaient une solidarité inéluctable avec mon entourage.

C'est au cours de ces réflexions sans issue et un peu trop philosophiques que je reprenais le chemin de la taverne, celle-là même qui m'avait accueilli une première fois et qui s'était fait oasis après ma longue marche dans un désert aride, cruel et sans merci me faisant miroiter mirage après mirage. Ce petit havre, tout à fait modeste, m'avait offert le repos de l'esprit et le sourire que je ne connaissais plus et avait levé pour moi le verre de l'amitié.

J'ai retrouvé là mon petit groupe, celui que j'ose désigner le groupe « d'amis », tant leur accueil est sincère et dépourvu de toute arrière-pensée. Ces gens ont peu de choses, mais ils ont la paix, du moins pour quelques heures.

L'homme riche a tout et c'est à ce prix qu'il a vendu son sourire. Il est souvent trop tard quand il veut le racheter.

J'ai pris conscience que c'est au fond des grands pichets de bière que l'on reconnaît son vrai visage, celui que l'on cache derrière un masque emprunté et ridicule, celui qu'on a peur de dévoiler et d'être reconnu.

Ici, il n'y a pas de place pour l'hypocrisie. On écoute, on ne porte pas de jugement, on ne questionne pas, parfois on étouffe un sanglot dans une gorgée de bière, mais on cherche avant tout à susciter le rire par l'exploitation du ridicule de la vie.

Tous ignoraient mon statut de médecin. J'étais pour eux un quidam qui venait soudain d'ouvrir les yeux ou plutôt de fermer les yeux pour mieux oublier. Oublier mes responsabilités, mes soi-disant obligations ou tout simplement les devoirs que je m'étais volontairement imposés. Simplifier mon existence. Épurer mes désirs, mes rêves. Délester ma nacelle pour monter plus haut, là où il n'y a plus d'obstacles à une liberté sans frontières.

La bière que je buvais à grand verre ce soir-là prenait la couleur de cet élixir magique qui transforme, en un clin d'œil, les problèmes en d'innocents grains de sable.

Ce soir-là quand, complètement ivre, je suis retourné chez moi j'ai compris qu'implicitement j'avais fait un choix, presque irréversible, celui d'arrêter de me battre, de monter sans bagages dans ma petite barque et de me laisser voguer à la dérive sans égard aux écueils qui menaceraient ma route.

Le lendemain, j'appelais l'hôpital pour les informer qu'en raison de problèmes de santé, je devais prendre un congé sans solde d'un an.

Cette décision fut pour moi un énorme soulagement. Je ne pouvais m'imaginer reprendre le bistouri, ouvrir des cerveaux, constater l'irrémédiable et déclarer au patient que tout va bien. Je ne pouvais plus suivre la règle, cette règle qui te forçait à renier tes valeurs personnelles qui t'ont fait vivre jusqu'à maintenant. Je hissai donc mes voiles et partis à l'aventure.

Les mers du Sud m'accueillirent d'abord sous le rire des grands palmiers qui me saluaient à chaque coup de vent.

Je vautrai dans le sable chaud et dans l'écume des bières mes rêves avortés, offrant à mon être la liberté qu'il revendiquait depuis mon enfance et dont j'avais craint jusqu'à maintenant d'abuser. Je noyais dans la crête des vagues les soucis, les chagrins, les larmes qui avaient bâti dans mon esprit tant d'amertume et de faux repentirs.

Les femmes étaient belles. Leurs étreintes spontanées, qui ne faisaient plus partie des fruits défendus, m'entraînaient dans le monde de l'oubli où tout devenait facile sans risque de sombrer dans une culpabilité qui spolie le simple plaisir qu'elles procurent.

Je cherchais inconsciemment à oublier Nathalie. Mais son sourire et son toucher d'ange revenaient me hanter à tout moment et venger en quelque sorte son absence et le sort que je lui avais réservé.

Il y a des choses qui sont gravées si profondément en soi que même les plus grands troubles amnésiques ne peuvent effacer.

Un jour, étendu sur la plage, où mon esprit, obnubilé par les vapeurs de l'alcool, flottait à la dérive, j'entends un cri. Un jeune homme se noyait.

J'ai pensé un moment à ne pas bouger, à ignorer, à faire comme si… Soudain, j'ai senti une main invisible me secouer violemment ouvrant du même coup mon esprit à la réalité… D'un bond, j'étais débout et courais vers le lieu du drame :

— Je suis médecin, je suis médecin ! m'écriai-je.

Encerclé d'une foule de curieux, j'ai tenté de lui administrer les techniques de base de réanimation. Rien ne fonctionnait. Un hélicoptère est arrivé. Je suis parti avec le patient à l'hôpital, il était sur le point de flancher. On m'a offert toute l'aide dont j'avais besoin en de telles circonstances. Une artère était obstruée. J'ai procédé sur-le-champ à une intervention chirurgicale des plus risquées.

Trois heures plus tard, le jeune homme ouvrait les yeux.

Je me suis retiré dans une salle privée, puis j'ai pleuré.

Je réalisais que j'étais médecin malgré moi, que cette fièvre viscérale me collait à la peau comme un lierre s'agrippe à une muraille. Je me réveillais soudain d'un long sommeil où j'avais tenté en vain d'oublier, de me soustraire à ce que j'avais cru et rêvé avec une conviction si intense, d'échapper sournoisement à mes responsabilités d'abord professionnelles, puis tout simplement humaines.

Plus on fuit, plus on se rapproche de son point de départ où se cachent les valeurs de son enfance.

Encore sous le choc de cet événement, je prenais, le lendemain, l'avion à destination du Bali.

J'avais besoin de me repenser, de redécouvrir mes forces, mes valeurs, de redessiner la carte de mon périple professionnel et terrestre.

J'étais perdu. Je ne savais plus trop où j'allais. Je butinais ici et là le nectar des plaisirs faciles sans jamais pouvoir me rassasier.

J'ai choisi ce coin de paradis non pas en raison de ses atouts naturels : ses plages paradisiaques, ses rizières en terrasse ou ses somptueux fonds marins, mais surtout pour ses nombreux lieux de méditation hindouiste. Cette « île des dieux » me fascinait à un tel point que je pensais y bâtir un nid.

Je me suis rendu d'abord à Prana Veda, cet endroit mystique de beauté, de tranquillité et de paix où l'on peut arrêter le monde et s'abreuver de la magie de Bali.

J'ai choisi cette maison d'hôtes perdue dans un magnifique jardin exotique où se trouve une oasis aux fleurs et aux fruits tropicaux. C'est dans ce havre de paix que j'ai amorcé un sublime voyage intérieur.

J'ai vécu, à ma manière, cette profonde expérience qui m'a permis de flotter en apesanteur en toute liberté et en total lâcher prise. Tout le temps m'était donné de colmater mon esprit, de respirer profondément et de me laisser inspirer par l'étendue de l'océan, de rêver sous les palmiers ou tout simplement être.

Là, j'ai découvert le sens de Prana Veda : « la sagesse des énergies vitales » où chaque jour je me baignais dans la piscine de Thérapie Watsu me permettant d'épurer et de purifier mes pensées, celles qui viciaient la quiétude de mon existence. Les images négatives s'estompaient peu à peu pour ne laisser place qu'à la béatitude du repos.

Seul au milieu de tout et de rien, je me laissais vivre au gré des doux zéphyrs et du chant des oiseaux exotiques. Pourquoi ne pas mourir maintenant puisque j'avais déjà un pied dans le paradis ? Le passage s'effectuerait sans doute en douceur m'épargnant les affres du grand départ.

Chaque jour, je me rendais à pied, sans hâte, au « Prana Véda Sanctuary » où, sous l'assistance d'un maître bouddhiste, je m'adonnais à l'Aqua Hesling, au yoga, à la méditation, au travail énergétique et à l'Ayurvéda qui m'acheminaient dans un bien-être holistique.

J'avais oublié le temps, mon passé, mes besoins, mes aspirations, tout ce qui me faisait moi, mes craintes, mes angoisses, mes luttes. Je m'étais soudain soustrait de toutes mes obligations. Je flottais radicalement dans l'indifférence la plus totale.

Ce bonheur sans nuages se poursuivit pendant plusieurs mois, je ne pourrais préciser davantage tant le temps m'échappait et voilait mon existence.

Comme la rose qui se gorge de soleil, qui l'épanouit et la fane en même temps, je profitais au maximum des largesses de la vie sachant très bien qu'elle revendiquerait un jour ou l'autre sa part de malheur.

Ce jour arriva un merveilleux matin où j'étais perdu dans une profonde méditation. Je venais tout juste d'échapper à la terre lorsqu'on me tira de mon éternité :

— Vous avez un appel urgent de chez vous, au Canada, me souffla une jeune fille à l'oreille… Venez, je vais vous indiquer…

Le mot « Canada » sonnait faux dans mon nouvel univers. J'avais presque oublié. Je revenais de loin. J'ai dû me secouer et ouvrir les yeux à la réalité qui frappait à ma porte :

— Vous devez revenir immédiatement au Canada. Vous faites face à une confiscation de vos biens en raison d'un défaut de paiement, m'indiqua mon avocat Votre compte en banque est vide. Je doute que votre institution bancaire soit disposée à vous consentir un prêt en raison de votre statut professionnel de non-pratiquant.

Ce retour à la réalité n'aurait pas pu être plus brutal. Partir de Bali, mon petit paradis ? Est-ce possible ? Ce déchirement a laissé en moi des plaies profondes que je n'ai jamais pu cicatriser.

Complètement brisé, je m'envolais, le lendemain, pour le Canada. Le voyage fut long et pénible. Je quittais un pays de rêve pour rejoindre la horde des gens pressés, préoccupés, inquiets qui accrochent leur destinée aux frêles roseaux qui les poussent à courir, à tomber, à se relever malgré la menace des vents violents, ingrats et jaloux de tous les petits bonheurs éphémères qui permettent d'avancer malgré tout.

J'arrivai enfin à Dorval.

C'était le vendredi 13 août 1971.

La maison qui avait abrité ma dernière année avait été vidée de tout son contenu. Seuls jonchaient sur le sol mes effets personnels et certains souvenirs comme la photo de Nathalie dont la vitre brisée sillonnait son visage. Elle me regardait avec son sourire énigmatique légendaire qui ajoutait une certaine vie à la pièce déserte. Un passé lointain, mais pourtant si récent alluma en moi un incendie d'images qui se bousculaient dans ma mémoire dont l'une cherchait à s'imposer à l'autre sans aucune cohérence.

En partant en voyage, j'avais cru m'évader de moi-même, de mon passé, de mes souffrances, de mes responsabilités, je constatais tristement que je n'étais jamais parti et que le présent me rattrapait dans toute sa nudité et m'enchaînait à nouveau.

Nathalie avait maintenant changé son sourire pour le revêtir d'une teinte de réprobation que je n'avais jamais connue jusqu'à maintenant. J'ai dû fermer les yeux par timidité, mais surtout sous la poussée de ces funestes pensées qui me gênaient profondément et formaient une image de moi que j'avais peine à reconnaître.

Je suis resté là accroupi sur le plancher de bois nu ou plutôt écrasé par un destin que je n'avais pas choisi et qui s'imposait à moi ne sachant trop si je rêvais ou si j'avais inventé toute cette mise en scène.

Je refusais de me réveiller, de soulever mon corps qui s'alourdissait au fil des heures, de saisir mon havresac et de partir à la recherche… à la recherche de qui ? De quoi ?

Soudain, on frappa à la porte. Mon avocat était là, étonné et inquiet à la fois, ne sachant comment aborder la situation :

— De retour parmi nous, docteur Toussain… Devant mon peu d'enthousiasme, il ajouta : je comprends, la situation n'est pas facile pour vous… Je n'avais pas le choix… Je devais vous prévenir… Maintenant que vous êtes ici, tout va s'arranger. Vos biens sont en entreposage… Je m'en suis occupé personnellement. Vous avez des dettes, soit, mais avec quelques heures de travail à l'hôpital, vous pourrez rapidement les liquider.

Puis, il continua à me parler du loyer en retard, des factures de services non acquittées, de ses honoraires, des comptes bancaires bloqués, des actions en poursuite pour bris de contrats, etc. Je l'écoutais distraitement, sans intérêt, n'étant pas dans un état mental pour discuter d'affaires. Je lui dis poliment :

— Pouvez-vous revenir demain ? Je suis extrêmement fatigué, je dois me reposer et reprendre mes esprits…

— D'accord, répondit-il, mais il y a des choses urgentes à régler et il ne faut pas trop attendre, docteur…

Puis il est parti me laissant dans une solitude la plus totale, sans aide et sans espoir, dans une parfaite nudité.

J'ai étendu mon maigre bagage dans le coin de la pièce et j'ai croupi dans le plus profond sommeil.

J'étais dans une toute petite barque, sans voile, sans rame, agrippé à un timon imaginaire. La mer était déchaînée. De grands cormorans noirs tournaient autour de ma tête en quête de proies à dévorer. De lugubres éclairs déchiraient l'horizon et défiaient les bourrasques des vents glaciaux qui fouettaient mon visage et pénétraient mes minces vêtements détrempés.

La barque tanguait au point de se renverser. Je criais « à l'aide » de toutes mes forces. Soudain, un monstre marin, de la taille d'une cathédrale, surgit devant moi, la gueule ouverte et toutes dents dehors. Il replongea pour revenir encore plus menaçant. Sous le choc de son onde, ma barque se renversa me projetant dans les profondeurs de l'océan où le monstre m'attendait pour m'engloutir.

Je m'éveillai en sueur. Le jour se levait. J'ai tenté de me laver. Les services d'eau, d'électricité et de téléphone avaient été coupés. Je me suis rendu péniblement au petit bistrot du coin où j'ai pu me débarbouiller un peu. Il y avait un téléphone public. J'appelai le directeur de l'hôpital. Je pris un rendez-vous à dix heures.

Il me reçut poliment et me fait part de leur pénurie de médecins généralistes. Il se dit heureux de mon offre comme chirurgien du cerveau.

— Pour le moment, ça va ici. On peut satisfaire à la demande… Je vous appellerai dès que nous aurons besoin de vos services…

J'ai un urgent besoin d'argent. Je ne peux attendre. Je communique avec la banque, là où je faisais affaire pendant de nombreuses années. On me dit que mon compte est gelé. On peut toutefois me passer mille dollars au taux d'intérêt exorbitant de 21 %. Je n'ai pas le choix. Je peux au moins rétablir les services de base à domicile, me procurer un lit, une table et une chaise et un peu de bouffe.

Un emploi. Le poste d'essence du coin demande un pompiste. Pour le moment, ça peut faire l'affaire en attendant une réponse de l'hôpital.

Je travaille de 7 heures à 19 heures pour un maigre salaire. Mais, au moins, je peux manger tous les jours. Quel travail ! Certains clients me reconnaissent ou semblent me reconnaître. C'est humiliant. Je me dis alors que toute tâche est noble puisqu'elle est accomplie par un être humain avec son cœur et son esprit.

Mon avocat me talonne presque tous les jours. Je lui verse à l'occasion des sommes d'argent à ses yeux ridicules, mais qui représentent pour moi un bien considérable.

Toujours pas de nouvelles de l'hôpital. J'ai laissé plusieurs messages au directeur, mais toujours sans réponse. Je fonde très peu d'espoir de ce côté-là. La bête qui s'est fait piéger une fois évite souvent de revenir sur les mêmes lieux.

J'ai songé à créer ma propre clinique médicale. J'ai renoncé rapidement au projet lorsque j'ai commencé à analyser les fonds requis.

J'ai recommencé à fréquenter la taverne du coin. J'ai retrouvé avec le plus grand plaisir le groupe « d'amis » d'antan. Une halte de paix dans une existence en dents de scie. J'y consomme la plus grande partie de mes revenus de pompiste.

Je me couche très tard. Le matin, je suis mal en point pour reprendre mon travail. Il m'est arrivé, à quelques reprises, de ne pas me présenter au poste, ce qui a entraîné mon congédiement.

J'ai repéré un fonds de Nathalie placé à la Caisse populaire et oublié depuis. Une petite somme de 500 $, mais qui m'a permis de survivre et de fréquenter décemment la taverne.

Je suis complètement déboussolé.

Comme une bête traquée et prise en cage, je ne trouve aucune issue ou aucun espoir de revoir la lumière et de goûter à nouveau à l'ivresse de la liberté. Mais, quelle liberté ? Celle que l'on t'impose ou celle que tu choisis indépendamment du degré de confort qu'elle t'offre ? La liberté à laquelle je suis réduit ne m'offre aucune possibilité de choisir.

L'homme qui n'a rien échappe inéluctablement aux contraintes du choix. Je me sens rejeté de la société, de cette société qui impose à l'homme des règles strictes de vie. Il faut adhérer aveuglément au code social sinon on risque d'en être évincé et d'être condamné à la marginalité.

Le trèfle qui pousse dans le champ de blé est souvent grossièrement arraché même s'il assure la survie à des milliers d'abeilles.

Il faut parfois se mutiler pour s'ajuster au cadre social. Moi, je refuse de le faire. Je ne peux accepter d'être réduit au mutisme, à l'inaction, au sacrifice de mes idées, de mes goûts, de mes exigences individuelles. Je connais mes valeurs. Mes richesses intérieures. Je sais que malgré les réactions de mon entourage, je peux allumer des flammes et donner espoir à ceux qui sont sur le point de se jeter dans l'abîme du non-retour.

C'est donc dans cet état d'esprit que j'ai décidé de vivre en marge de la société, de cette société qui me reniait en quelque sorte, qui n'avait d'autre but que d'exploiter mes talents, mes forces pour nourrir une classe sociale politisée, sans âme et sans respect qui n'a d'égard que pour les riches.

La gloire que j'ai glanée au fil des ans au sein de cette société m'a été retirée en raison de mon non-conformisme. Je voulais changer les choses, changer la façon d'administrer les soins de santé, valoriser les relations avec les patients, exploiter les capacités sans limites de l'être humain, la puissance de son esprit.

On ne peut dissocier le corps de l'esprit. On ne peut imposer au corps des exigences que l'esprit ne peut accepter. Comment peut-on guérir un homme qui a perdu tout espoir du vivre ? Mes méditations transcendantales récentes à Bali avaient renforcé en moi cette conviction.

On a refusé de m'écouter, de me donner la chance d'essayer. On a préféré fermer les yeux, m'écarter discrètement et m'empêcher de déranger. Il est plus difficile de changer le cours d'une rivière que d'en harnacher le parcours.

Le déracinement dont j'étais victime paralysait mes chances de voler tuant en moi tout désir de m'intégrer. J'étais donc seul. Seul au milieu d'une jungle hostile qui cherchait à me séduire sans pudeur, à m'assimiler, à me réduire à l'impuissance ou tout simplement à me condamner.

On peut chasser l'oiseau de son nid, mais on ne peut l'empêcher de chanter.

J'ai donc décidé de tout abandonner. De renoncer à un confort pourtant légitime. De briser mon contrat social. De laisser là mes dettes, mes soi-disant obligations. De renoncer à mes privilèges professionnels. De libérer mon esprit. De partir. De partir tout simplement, sans rien apporter.

De partir sans partir. De quitter mon corps social, de renoncer à ses avantages, à ses contraintes et à ses obligations. De fermer les yeux sur mon passé. De hisser ma voile et de me laisser dériver au gré des vents.

Comme l'aigle juché sur la plus haute cime des arbres, enivré d'espace, doit souvent plonger dans la boue pour assurer sa subsistance, je quitte le vertige de mes rêves pour fouiller l'ingratitude du sol à la recherche d'un paradis perdu.

Ce soir-là, je reviens de la taverne plus ivre que d'habitude. Je suis heureux. Plus de contraintes. Plus d'obligations. Ma maison a été confisquée. Je dois me trouver un logis pour les quelques heures qui restent de la nuit.

On est en septembre. Les nuits commencent à être fraîches. Une vieille remise abandonnée m'offre gratuitement son hospitalité. La porte est déverrouillée. J'y entre. Je m'accroupis dans un coin. C'est parfait ! Je sombre aussitôt dans un profond sommeil qui m'amène aux abords du lac Beratan au Bali. Les rêves qui se bousculent ravivent aussitôt ma mémoire et me plongent dans ces instants passés de bonheur.

Je suis étendu sur l'une des plages du lac Beratan. Je me sens bien. Aucun souci. J'oublie mon corps qui s'enivre de la caresse d'un vent léger et du sourire du soleil. Soudain, un groupe de jeunes filles balinaises m'entourent de leurs charmes. Elles chantent et dansent. Elles déposent à mes pieds une corbeille de fruits exotiques et une urne de vin. Puis, elles disparaissent comme par magie.

J'ai faim. Je me gave aussitôt de cette manne qui ne peut calmer mon appétit. La tête me tourne. Tout à coup, un cyclone m'encercle et m'engouffre dans un tourbillon pour me soustraire à la terre et me fondre aux nuages.

Je m'éveille. Des rats bouffaient le bout de pain qui sortait de mon sac de toile. Je les chasse. Ils reviennent aussitôt comme pour revendiquer leur espace de vie.

Je me lève péniblement. Un bras de soleil s'étire par la petite fenêtre de la remise. J'ouvre la porte. La lumière trop intense m'aveugle. J'ai du mal à distinguer les lieux environnants.

Il est dix heures. J'ai faim. Il me reste quelques sous. J'atteins la boulangerie Grégoire. Ça sent bon. Je me paie une bonne brioche à la cannelle et un pain encore chaud.

Le parc des Vignobles est tout proche. Les feuilles ont commencé à joncher le sol. Je m'assis ou plutôt je me jette sur l'un des bancs de bois qui m'accueille cordialement.

Je mange lentement. J'ai tout le temps au monde. Aucune obligation, aucune contrainte. Des pigeons un peu timides se joignent gracieusement à mon festin et me remercient pour chacune des miettes que je laisse tomber. Plus hardies, des mésanges revendiquent dans ma main leur humble part.

Pour la première fois de ma vie, je découvre la nature, la vraie, celle qui cache ses secrets aux humains trop pressés, trop occupés par les prétendues choses importantes de la vie.

Mes vêtements sont sales. Une barbe d'une semaine me recouvre le visage. Je ne suis pas habitué à cela. J'ai un peu honte de moi. Je ferme les yeux. Des larmes que je ne saurais contrôler cherchent à se frayer un chemin dans cette broussaille hirsute.

Que suis-je devenu ? Je pense aussitôt à Maman et à Nathalie qui, je l'espère, ne me voient pas dans un tel état.

Je tente de me ressaisir. Je cherche une bouée qui ne vient pas. Je me sens sombrer dans un abîme, petit à petit, malgré moi.

Soudain, un halètement me tire de ma tristesse. Un chien. Un labrador tout noir est là. Il vient de nulle part. Il se tient debout à quelques pieds de moi. Il me regarde sans malice. Je l'appelle. Il hésite. Puis, s'approche timidement. Se couche à mes pieds. Je lui tends la main. Il lève la tête et commence à me lécher comme pour m'apprivoiser.

Fort de son premier geste, il pose son museau sur mon genou en fixant son regard sur moi avec supplication. Je comprends qu'il est abandonné. Qu'il est errant comme moi. Je sens qu'il a faim. Je fouille dans une poubelle à proximité. Un bout de hot dog et de hamburger. Il n'en fait qu'une bouchée.

Que faire maintenant ? Je ne peux m'occuper d'un chien dans l'état où je suis. Ce chien représentait toutefois le rêve de ma vie. Petit, j'avais toujours désiré un chien, un compagnon de tous les jours. Maman s'y était toujours opposée prétextant notre manque de ressources financières.

J'avais senti que ce chien avait flairé, comme par magie, ma solitude et m'offrait de continuer sa route avec moi. Je l'aimais déjà ! Mais, comment le nourrir ?

J'essayai de lui faire comprendre ma situation, de lui dire que je n'étais pas riche, que je ne pouvais lui offrir la nourriture dont il avait besoin. Il me regardait maintenant tristement et m'écoutait attentivement comme s'il me comprenait et, j'en suis sûr, qu'il me comprenait à voir sa compassion dans ses grands yeux de lune.

Il était beau. Je l'aimais déjà. Je sombrai bientôt dans une mélancolie sans nom. Ce seul petit plaisir m'était refusé. L'impuissance qui paralysait mes désirs et mes sentiments se transposa en une profonde tristesse. Je pleurai à chaudes larmes devant mon désormais ami qui semblait me comprendre et vouloir me consoler.

Le soleil s'apprêtait déjà à céder sa place à la nuit. Le parc était désert. L'érable qui nous abritait se dépouillait de plus en plus de ses feuilles comme pour nous avertir de l'arrivée prochaine de l'hiver.

Je me lève péniblement et m'engage sur le petit sentier qui serpente le parc. De son regard, le chien me demande où je vais. Je lui réponds poliment qu'il ne peut venir avec moi. Il s'assit docilement comme s'il m'avait compris. Le cœur brisé, je parcours une cinquantaine de mètres. Je m'arrête. Me retourne. Il est toujours à la même place et me fixe cette fois intensément. Il me disait :

— Tu ne peux pas me laisser comme cela, seul. Je serai gentil pour toi. Je deviendrai ton compagnon de tous les jours. Je t'aiderai à marcher dans la vie. Je t'en prie, ne m'abandonne pas…

Une sorte d'alchimie s'établit soudain entre nous brisant toute distance et tissant les bases d'une possible amitié.

Je n'avais pas encore mis le genou à terre qu'il s'élança vers moi à vive allure, se jeta dans mes bras et, du même coup, me renversa par terre.

Je pris sa tête entre mes deux mains, le fixai droit dans les yeux et d'une voix solennelle, je proclame :

— Tu t'appelles maintenant Badou. Tu es désormais à moi. Je ne t'abandonnerai jamais… Je t'aime.

Ce dernier mot m'éveilla soudain à la vie. Je ne l'avais pas prononcé depuis des lunes. J'avais besoin de le dire, de le répéter, de prouver à quelqu'un que j'étais encore capable d'amour. Même si la société m'avait écarté de ses rangs, elle n'avait pu tuer en moi ce sentiment.

Après les présentations d'usage, nous nous sommes levés, plus heureux, moins seuls et avons emprunté, main dans la main, le chemin de la taverne. J'ai dû le laisser à la porte en ne manquant pas de lui expliquer que j'en avais seulement que pour quelques minutes (petit mensonge qu'il n'a pas relevé), que je quêterai de la bouffe auprès de mes amis et qu'on fera, à ma sortie, un grand festin tous les deux.

J'ai eu du mal à le laisser seul. Je me préoccupais déjà de lui. J'avais soudain découvert une véritable amitié. Celle qui donne et qui n'exige rien en retour, celle qui ne laisse aucune place à la haine, à la vengeance, à l'indifférence, celle qui est essentiellement fondée sur le partage.

Ce soir, c'était un tout autre homme qui franchissait le seuil de la taverne. Je n'étais pas seul. Quelqu'un m'attendait dehors, quelqu'un qui avait mis son sort entre mes mains, quelqu'un qui, en retour, donnerait sa vie pour me défendre. J'étais maintenant un homme responsable, responsable de quelqu'un.

Mes amis ne m'ont pas reconnu. Mon visage rayonnait de tous ses éclats… « Tu nous caches quelque chose ! rigolaient-ils. Tu as certainement rencontré une « poupoune » dans le coin ?»

J'étais un peu gêné de leur dévoiler ma trouvaille qui m'avait changé à ce point. Je me contentai de lever mon verre « à ma nouvelle poune » !

Cinq heures plus tard, je sortais de la taverne. Badou, qui attendait patiemment, me reconnut sur-le-champ. Après un court interrogatoire de son nez, il m'offrit sa patte en signe de reconnaissance. Puis, on partit tous les deux clopin-clopant en direction de « ma » remise abandonnée.

Badou était craintif. J'ai dû le convaincre qu'il n'y avait aucun danger. Nous nous sommes assis l'un en face de l'autre pour déguster les restes de table que j'avais obtenus de la taverne. Puis, repu, je sombrai dans un profond sommeil, cette fois-ci, en bonne garde, laissant à Badou le soin de chasser les rats.

Nous vivions gratuitement, Badou et moi, dans ce « petit hôtel » depuis plus d'un mois. Un vieux matelas trouvé dans les ordures me servait maintenant de lit. J'y avais également récupéré des coussins et des couvertures pour moi et Badou. J'avais pris soin de colmater toutes les fissures à l'aide de guenilles en prévision de l'hiver qui était déjà à nos portes.

Attentif à tous mes besoins, Badou semblait heureux dans sa nouvelle demeure. Il avait réussi à chasser tous les rats sans toutefois parvenir à exterminer les punaises qui nous assaillaient durant notre sommeil.

Au fil des jours, je constatais que l'homme jouit d'une capacité énorme d'adaptation. Je n'aurais jamais pensé pouvoir vivre sans me laver ou changer de vêtement quotidiennement. Je découvrais, dans ma grande détresse, une nouvelle facette du corps humain : celle de pouvoir s'adapter rapidement aux conditions environnantes changeantes et aux exigences, parfois capricieuses, de l'esprit. Il savait s'immuniser contre les mets de fortune insalubres qui constituaient maintenant la base de mon alimentation quotidienne. Toutefois, je réalisais bien que mes forces s'amenuisaient au point où je devais prolonger mes heures de sommeil.

Je fréquentais encore la taverne, mais beaucoup moins assidûment en raison de mon manque de sous. Je quêtais un verre de bière ici et là, demande qui ne m'était jamais refusée.

On était au début novembre. Il faisait froid.

Des flocons de neige nous avaient surpris un beau matin. J'avais découvert en plein cœur de ville un abri de fortune très fréquenté par les passants. Emmitouflé dans une vieille couverture, je m'asseyais là, Badou à mes côtés, un plat devant nous.

Beaucoup de gens s'arrêtaient non pas pour moi, mais pour Badou qui captivait à lui seul l'attention et la pitié de tous les passants. Mon chien était donc plus important que moi. Je voyais bien que mon allure repoussait les gens qui jetaient plutôt que déposaient leur aumône dans l'écuelle et s'éloignaient rapidement comme s'ils craignaient d'attraper la peste.

Cette attitude des gens me faisait mal. Je ne pouvais toutefois les blâmer. Ils ignoraient qui j'étais : un cardiologue devenu un sans-abri !

J'avais soudain envie de crier, de révéler mon identité, de leur expliquer, de leur expliquer que la société dont ils faisaient partie m'a poussé là où j'étais parce que je ne voulais pas jouer le jeu, renier mes convictions personnelles, fermer les yeux et faire comme si. Je voulais leur dire que là était mon choix, un choix noble, car j'avais réussi à me tenir debout et à résister à l'appât du mensonge.

Les fonds que l'on recueillait, Badou et moi, suffisaient à assurer notre pitance quotidienne. Il ne fallait toutefois pas manquer une seule journée et occuper, tôt le matin, cet abri stratégique convoité par nos amis les clochards.

L'hiver s'est définitivement installé chez nous. Il neige presque tous les jours. Il fait très froid. Le thermomètre atteint parfois -20 °C. Badou ne semble pas trop être affecté par ce froid. Pour ma part, je ne suis pas vêtu adéquatement pour supporter ces températures polaires. Mes mitaines et mes bottes sont trouées, ce qui entraîne inévitablement des gelures aux pieds et aux mains.

Le froid paralyse également la générosité des gens. Ils refusent, pour la plupart, d'enlever leurs gants et de fouiller leurs poches à la recherche d'une pièce de monnaie.

Les revenus quotidiens ont donc chuté considérablement. Je ne vois pas très bien comment on va s'en sortir. Nous mangeons de moins en moins au moment où nous en avons le plus besoin pour lutter contre le froid et les maladies hivernales.

Badou me supporte beaucoup. Il est toujours là quand j'ai de la peine, quand je suis sur le point de flancher, quand je veux partir vers un paradis de fleurs et de soleil là où n'y a plus de froid, de peines, de soucis, là où règne un amour éternel.

Badou est un peu ma raison de vivre. C'est le seul bien que je possède.

Ce soir-là, je reviens avec un dollar et dix-neuf sous. J'ai faim. J'ai soif. Je suis complètement vidé. Toutes les portes sont fermées. Tout est noir. Le froid paralyse tous mes membres. Je me traîne péniblement vers notre remise accompagné de mon plus fidèle ami.

Je lui dis que je n'en peux plus. Qu'il doit prendre soin de moi à son tour, qu'il est le rêve de ma vie, celui que je voulais réaliser à l'âge de huit ans. Je lui dis que je n'ai plus rien à lui donner, si ce n'est mon amour, qu'il devrait chercher ailleurs un meilleur abri.

Je le remercie de m'avoir trouvé, de m'avoir adopté, de m'avoir fait vivre jusqu'à maintenant, d'être encore là malgré le peu que je lui offrais.

— Merci, Badou, de t'être fait clochard pour moi et avec moi.

Épuisé, je m'étends sur mon vieux matelas de glace et je sombre dans un profond sommeil. Se sentant abandonné, Badou se lève et lance un hurlement sinistre à la lune qui venait de se lever !

C'était le vendredi 13 novembre 1971.

Épilogue

Dans le tirage du *Soleil* du 15 novembre 1971, on pouvait y lire en gros titres :

Un éminent neurologue meurt de froid

Le corps inanimé du neurologue Patrice Toussain, bien connu dans la région, a été retrouvé dans une remise abandonnée en bordure de la rue Saint-Jean-Baptiste. Les causes exactes de son décès ne sont pas encore connues mais, selon toute vraisemblance, le docteur Toussain serait mort gelé dans cet abri de fortune. Il était itinérant depuis un certain temps.

Des voisins ont été éveillés par les aboiements désespérés d'un chien devant la porte de l'abri. Alertés, les policiers se sont immédiatement rendus sur les lieux et ont fait la macabre découverte. Une autopsie sera pratiquée sous peu par le coroner Martel.

Le chien, qui, de toute apparence, appartenait à la victime s'est enfui aussitôt à l'arrivée des policiers. On ne l'a plus revu.

Plus de détails sont à prévoir dans notre édition de demain.

La réaction de la population ne se fit pas attendre. L'édition du lendemain regorgeait de témoignages dont en voici quelques-uns :

- *Un grand homme vient de nous quitter. Il est parti dans des conditions tout à fait tragiques. Il ne méritait pas ce sort, lui qui a consacré son temps et son énergie à soulager la population des troubles neurologiques. Il avait une vision qui dépassait nos attentes et qui plaçait la médecine bien au-delà d'un simple métier... la disparition du docteur Toussain crée un grand vide dans le monde médical... (Dr Massicotte)*

- *Malgré les apparences, le docteur Toussain est mort dans la dignité. Il a refusé de suivre les sentiers battus. Il a refusé de fermer les yeux et de faire comme si... Il est grand dans sa déchéance, celle qu'il a épousée librement... (Dr Tremblay)*

- *Nous sommes tous un peu responsables de son départ. Nous avons refusé de le suivre dans la voie innovatrice qu'il avait proposée. Le Dr Toussain était trop grand pour se confiner à nos petites pratiques traditionnelles... Le temps nous dira qui avait raison... (Dr Allaire)*

- *Le Dr Toussain prônait une approche plus humaine des patients. Il croyait aux forces du corps et de l'esprit. Il cherchait à donner la vie en offrant l'espoir. Combien de fois l'ai-je entendu dire : « Tu peux guérir si tu le veux, il faut y croire... il faut sourire, la vie est encore là et t'offre de belles choses que tu n'as pas encore connues... » (Isabelle Leclerc, infirmière)*

- *Une grande figure du monde médical vient de disparaître. Les approches du Dr Toussain étaient avant-*

gardistes, soit, mais c'était, selon moi, la solution de l'avenir. La pilule ou l'intervention chirurgicale étaient pour lui le dernier recours. Le corps humain cache en lui-même la clé de sa propre guérison. C'est dommage que l'on ne l'ait pas cru… (Dr Bernard)

- *J'ai eu l'immense bonheur de connaître le Dr Toussain. Je souffrais d'une tumeur au cerveau. Il m'a guérie. Non pas à l'aide d'un bistouri, mais à force de persuasion, de persévérance et d'espoir. C'est dommage qu'il soit parti de cette façon-là… (Mme Paquette)*

- *Le Dr Toussain m'a guérie d'un cancer grâce à son approche thérapeutique à laquelle j'ai crue. Par la seule pratique de pensées positives, je suis parvenue à vaincre cette terrible maladie… Je suis triste que personne ne lui ait offert l'aide dont il avait sûrement besoin et qu'il soit parti dans des conditions si déplorables. Il méritait un meilleur sort… Je prie pour lui. (Mme Chénier)*

- *Le monde entier croyait à l'approche révolutionnaire du Dr Toussain qui reposait essentiellement sur une volonté personnelle du malade et sur l'exploitation des forces curatives que chacun dispose en lui et qui sont à la hauteur de tout trouble qui pourrait l'affliger. Le monde entier y donnait foi sauf le Canada ou plus précisément l'hôpital Saint-Luc. Le Dr Toupin nous offrait la chance de nous démarquer, malheureusement nous ne l'avons pas saisie… il est maintenant trop tard, il est parti avec son secret. (Jean Dubé, journaliste)*

Une réaction étrangère

On lisait dans la *Minerve*, ce grand quotidien français, le commentaire suivant :

Un grand Canadien vient de nous quitter. Le docteur Patrice Toussain, conférencier invité au colloque international des neurologues, tenu à Bruxelles en juin 1969, est décédé dans des conditions tout à fait déplorables. Sans-abri depuis un certain temps, il est mort de froid dans une remise de fortune. Son approche thérapeutique avait fait la manchette de toutes les revues médicales du monde entier. Au Canada, on n'y a pas cru. En raison de son honnêteté professionnelle, il s'est retiré du monde médical et a subi le rejet des siens. Plus de détails sur les circonstances de son décès vous seront fournis dans une prochaine publication...

Hommage de l'auteur

Je t'ai suivi tout au long de ton cheminement terrestre qui fut des plus pénibles. Oui, tu es né un vendredi 13, donc sous le signe de la malchance. Ta vie en a été le vibrant témoignage. Une série d'événements malheureux, survenus religieusement un vendredi 13, ont balisé ta route. À chaque malheur, tu t'es relevé courageusement cherchant à faire mentir le destin. Tu as connu la gloire, elle t'a amené à la déchéance. Tu as senti un rejet de la société, jalouse de ton succès. Tu es resté debout malgré l'adversité. Tu as refusé de t'écraser, de te soumettre aux règles sociales auxquelles tu ne croyais pas.

Le vendredi 13 t'a toutefois plongé dans le noir. A-t-elle eu raison de toi ? Je ne crois pas. Elle t'a vaincu physiquement, soit, mais ton esprit a submergé les embûches qu'elle dressait sur ton chemin. Tu as fait un choix. Le choix de te dissocier des valeurs sociales actuelles qui cherchent à imposer un cadre commun de pensées et d'action. Tu en as payé le prix. Malgré les apparences, tu en es sorti vainqueur !

Avec Badou, tu as découvert l'amitié, celle que tu n'avais jamais connue auparavant, celle qui t'a accompagné jusqu'à ton dernier soupir. Quand tu l'as quitté, il a crié sa douleur. Il a sollicité de l'aide et, une fois sa mission accomplie, il est parti, à son tour, sans jamais revenir.

La plénitude de la vie se mesure non pas au nombre de choses accomplies, mais au degré d'amour qu'on y investit.

Cet ouvrage a été édité par la
Société des Écrivains,

14, rue des Volontaires – 75015 Paris
Tél. : 01 53 69 65 33 – Fax : 01 53 69 65 27

300 St-Sacrement,
415 Montréal (Qc) H2Y 1X4
Tél. : 514 279 5578

www.societedesecrivains.com
info@societedesecrivains.com

Imprimé au Québec